Tomonari Yoshimura

# 光を射抜く

瞬時の
輝きを求めて

Parade Books

目次

# 第一部　光のリレキ

吉村友輝（ヨシムラユウキ）　教室にて　黒板2002年1月

友輝は、夕陽の射す中、帰り路を黙々と歩いている。

同級生・大久保「吉村　ダッセー　メガネしてんなー」
同級生・木藤、目が見えない人の真似をしている。
　「目がろくに見えねーから　牛乳瓶の底みたいなレンズなんだぜ」
近視のレンズは分厚くて、性質上、目が小さく見えて滑稽である。
大久保、メガネを勢い良く取り上げる。
　「焦点　合ってねぇーでやんの
　それだからか　勉強で・き・ねーのは　はっはっ」

木藤、友輝を蹴飛ばす。
　「ライト照らしてやろうか　暗くて見えねーだろーから」
公園の公衆便所へ連れ込んで、腹パンチをする。

大久保　　　「顔はやめとけ　バレるから」

木藤、便器の水へ友輝の顔面を押しつける。

　　　　　　「これでメンタマ潤せば　見えるんじゃねっか」

友輝、涙を堪え、じっと我慢する。何故にこんな目に遭うのか、自問をする。

胸が張り裂けそうだった。

同級生・渡辺、タオルを渡す。

　　　　　　「これ使って」

帰宅　裕福な家庭　一階　貸店舗【パソコン買取センター】　秋葉原にて
母　　　　　「おかえりー」
愛犬（狆）フワッと横切る。

父、椅子に座って、新聞を読んでいる。

友輝　「……」

父　「……返事くらいしろ！」

友輝　「……ただいま……」

父は礼儀に厳しい。特に挨拶は、細かく言う人である。

母　「ハーイ　友輝の好きなハンバーグだよぉ」

友輝　「……いただきます……おいしいね……」

母　「……ん……元気ないじゃないの
高校生はもっと威勢良くないとだめよぉ
夢多き18才じゃないの　輝きなさいよ」

友輝　「……笑」

祖父・豊次郎　「（ピンポン）」

友輝　「は～い」

豊次郎は、バナナの卸売りで財を成した。家族皆、バナナが好物である。

「お　ユウ　お前の大好きな台湾バナナ」

友輝　「あ　豊じい」

豊次郎　「一昨日と違ってなんか顔色悪いぞ　何かあったのか」

母　「そうね……」

豊次郎　「これくらいの時エリマキトカゲ
真似していた頃の元気をとり戻せよ
(二千円)これで遊んで来いよ」

父　「お母さん　おじいちゃんが区の新聞に載ってるぞ」

母　「どれ　どれー」

新聞記事　千代田区への寄付金一千万円　吉村豊次郎　顔写真

豊次郎、ニコッと笑っている。

「おじいちゃん　神田で町会の会合があるから
またな　ユウ　もっと遊べよ　お前ちょっと真面目過ぎるんだヨ
親の言うことなんて聞くな(ベロを出す)」

豊次郎　「賭け事以外なら手を出していいんだから
　　　　　お　集金の人が来た　じゃあな」
友輝、画面近くでテレビをジッと観ている。
　　　　「豊じい　ありがとね　バイバイ」
集金員　「こんにちは　今月も集金に参りました」
母　　　「ハイ　どうぞぉ」
集金員　「あ　ありがとうございます」
友輝　　「俺　そのチャンネル　観たことないけど」
母　　　「いいの　いいの　しかし　友輝は
　　　　なんでこんなに視力が落ちたんだろうね」

父　　　「……」

母　　　「テレビかな……友輝　もっと離れて観なさいよぉ」

テレビで、映画評論家が話題の映画を解説している。

友輝　　「はいー　あのー　映画評論家っていう人
　　　　　映画撮らせたらアメリカで賞とか獲れるのかな……」

母　　　「獲れるわけないじゃないの（笑）」

父　　　「ハハハ　そんなラッキーなことあるか（笑）　うん
　　　　ん　ラッキーという表現はおかしいな　うん
　　　　【神風が吹くか】だな　ネガティブな感じで
　　　　だいたい　テレビなんて見るもんじゃないよ
　　　　ろくな番組がないし　変なのばかり出てる」

友輝　「うん……変じゃないと個性もないけどね……
　　　　まぁ……
　　　　なんかこのメガネ　もう嫌になってしまったよ」

母　「そうね　そのメガネは見慣れていて　気がつかなかったけど
　　　　個性が強すぎるかもね　もう高校三年生だもん
　　　　コンタクトもいいかも　もっと早くても良かったネ」

父　「お前ちゃんと手入れできるのか」
友輝、癖で鼻の下を少し伸ばす仕草をする。
　　　「うん」

神田にて会合（会合という名の宴会）

豊次郎　「俺も馬鹿だったから　ここまでやってこれたんだよ
賢くても　頭でっかちでダメ
大馬鹿はもっとダメ　馬鹿がちょうどいい
みんな意外と分かってないけど
損して得獲れ　これが商売の基本だからな」

町会の人A　「豊さんの努力で吉村家は栄えてますね」

豊次郎　「いやいや　そんなことないよ
努力って字はさ　おんなのまたのちからと書くだろ
女が子供産む時　頑張る力のことだから
俺たちはそれを絶対越えられないじゃんか
だから　努力って言葉は使わず
頑張りくらいで止めておいた方がいいね　説教ぽいけど」

町会の人A　「豊さんの説教なら　有難いです
確かにそうですね　カミさんには頭　上がらないです」

豊次郎　「だろ　お前は特にな（笑）
あ　最近は　孫のユウが可愛くて可愛くて　たった1人の孫だし」

町会の人B　「私は孫がいないので羨ましいですよ
子孫繁栄は素晴らしいことです　とりあえず　ビールどうぞ」

豊次郎　「お　ありがと　ユウとは子供の時から
秋葉原や上野を散歩してるし
いまだにたまに　去年だったっけ　2人で熱海行ったし」

町会長　「熱海ですか　温泉いいっすね

豊さんの世代だと　新婚旅行で熱海が多いですよね」

豊次郎　「よくご存じで（笑）」

町会長　「私も長いこと生きておりますので（笑）
ビール瓶空きましたよ　これ　はい」

店員　「いやいや　気は使わないでください　お金は使ってください（笑）」

町会長　「おお（笑）　じゃ　もう一瓶」

豊次郎　「飲み過ぎだろ
俺の夢はアメリカの本土に一度でいいから
ユウと行くことなんだよ　俺も残りの人生短いから
行けるかわからないけど　どんなとこか感じたいよな」

豊次郎　「なんてったって日本に勝った国だもん　本場のジャズが聴きたいよ」
豊次郎の頭の中は、ジャズが流れている。アメリカへの憧れを感じる表情をしている。
町会の人B　「ご家族で行ったらどうですか」
豊次郎　「いや　息子は忙しくって……
息子も大田市場を継いで　盛り上げてくれて活き活きしているし
38で死んだ母ちゃんに　息子と孫の表情　見せてやりたいよ」
町会の人A　「息子さんとの絆はとても深いですね」
豊次郎　「息子には寂しい思いもさせたと思うよ」
町会の人A　「母親を早く亡くしたら　そういう思いもありましたでしょうね」

豊次郎　「肺炎でさ　急変してしまって　うん」

町会の人A　「え――　そんなこともあるんですね」

豊次郎　「まあね　息子も若い頃は悪さしたこともあったけどな
浮浪者へ水風船投げやがって
そいつが　家に殴り込みに来たりな（笑）
あれなんだよ　親の言うことなんて半分聞いてれば上等だ
それくらいの方が自立する」

町会の人A　「それは私も感じます」

豊次郎　「まあ　嫁も可愛いし　きちんとしてる
市場同士のお見合いだから　馴染みやすかったかもな」

町会の人B　「手を出しちゃダメですよ（笑）」

豊次郎　「バカ　そんなことするか（笑）」

町会の人B　「変人の石井と違いますものね　失礼しました
あいつ　風俗通いが止められず　借金だらけらしいっすよ」

豊次郎　「どうしようもないな」

町会の人B　「この前　飲み会で　金　払わず帰ってしまったし
あいつ　豊さんの悪口よく言ってますよ」

豊次郎　「どんなこと言ってるんだよ」

町会の人B　「金のことしか考えてないとか
火つけてやろうかなとまで言っていて　気をつけた方が良いです」

町会長　「気をつけた方が良いですね
石井は　東北の出身らしく　10年くらい前に誰かの伝手を辿って
たしかバイト仲間だったと思うんです
それで　東京へ来たのはいいんですが……
家族も友達もいないので　一人で色々考えを回らせて
妄想癖が強くなってしまい……
2ちゃんねるへの書き込みで　先日も警察から注意を受けています
一度や二度じゃないんですよ」

町会の人A　「確かにその癖はありますね　最近では馬にも手を出して
借金が増える一方だって　小耳に挟みましたよ」

豊次郎　「へぇー周りに誰もいないと　ネット依存になるのかね
ネットなんてもろい世界に身を置くなんて　理解できないけどな
特に口きいたことはないけど　ちょっと怖いね
相手にしないよ（笑）俺」

町会の人A　「あまり関わらない方が無難です」

豊次郎　「石井の話はもういいや　酒が進んでしまう
ちょっと1曲歌っていいか」

カラオケ【銭形平次】を歌い始める。
歌詞「神田の明神下で」ここの箇所に差し掛かり、ちょっとした歓声が上がる。
町会長　「豊さんが歌うと　リアルですね（笑）」
豊次郎　「ういっす（笑）」

町会の人A　「銭が飛んでくるかもよ（笑）」
町会の人B　「会長　ちょっと石井を警戒した方が　良さげですよ」
町会長　「俺も感じた　何か対策を練らないとな」
カラオケは終わり、拍手が起こる。
豊次郎　「星の輝きって　こんなに強かったっけ
ま　星を眺めながら　一足先に帰るよ
会計は済んであるから　気にすんな」
町会長　「いや　すんません　ありがとうございます
豊さん　自宅は　あの月の明かりが射す方ですね」
豊次郎　「ありがとう　では」

友輝　通学途中　秋葉原路上

近所の石井、オタク風いで立ちで歩いている。

石井「お　吉村さんの孫か」

友輝「はい」

石井「おぅ　おじいちゃん　区に寄付金　凄い額だね
市場で儲けたんだぁ」

友輝「苦笑」

石井「いいよな　働く必要がない人は……

あの輸入自由化という時代の波に　上手く乗ったのね」

友輝は、秋葉原駅の改札にて母へ電話する。

「町会の石井っていう人　豊じいの新聞の事言ってきて
働く必要がない人は　いいねと皮肉ってきたよ」

母　「石井って　あのいつもニヤニヤしてる人のこと？
なによね　人生プラスマイナス0だと　思えば
妬みや僻みなんて　思わなくなるのにね」

友輝　「なんだか　気持ちが悪い」

母　「うん　なんかね」

石井、秋葉原駅近くにて、テレビの画面に映る女性アナウンサーと独り会話をしている。
友輝、電話しながら母へ伝えている。
　　　「あっ　あの人　やっぱり　やばいわ　テレビと話してる」
母　　「独りでかしら　もう早く学校行きなさいよ」
友輝、満員電車に揺られ、田町駅に到着する。
渡辺と偶然に遭遇する。
友輝　「お　渡辺君」
渡辺　「あ　吉村君　同じ電車だったみたいね　私　神田だから」
友輝　「うえぃ　俺　秋葉原だよ　一駅違いか
　　　ていうか　今まで　気がつかなかったのが　不思議

俺　　　「ちょっと　部活があるから　急ぐね　また後で」

渡辺　　「私　いつもは超朝早いからさ
　　　　アキバに住んでる人いるんだぁ　頑張ってね」

友輝　　「ほーい」

弓道場にて、早朝、安土の手入れをしている。
後輩女子Ａ「吉村先輩　おはようございます」
友輝　　「おっ　おはよう　早いね」
後輩女子Ａ「先輩こそ　冬なのに　汗かいてますね」

友輝　「うん（笑）　安土の手入れは練習に活きるからね」

後輩女子A　「はい　先輩　1人で朝早くから　素敵です
そろそろ時間ですよ」

友輝　「（笑）　俺も後から行くよ　いっておいで」

後輩女子A　「はい　では失礼します」

教室へ行く。

日本史の授業　伊藤博文を暗殺した安重根について

日本史の先生　「この人　韓国では英雄なんだよ
法に触れているけどね　理想は法に則った英雄
だけど私も長いこと日本史を研究しているけど

英雄って法律ギリギリでエグみを　持っているものなんだよ」

教室にて紙飛行機が飛んでいる。

大久保　「はぁー　誰だ　紙飛行機　飛ばしたのは
大久保　てめぇ　今度したらぶっ飛ばすぞ
こんなことしちゃいけませんです」

大久保　「え　俺じゃないっすよ　渡辺だろ
零戦だとか言ってたろーが（笑）」

渡辺　「…………………」

日本史の先生　「大久保　黙ってろって　渡辺のはずねえだろ　ちょっと来い」

大久保の額へデコピンをして、頭を叩く。
（ビシッ）

日本史の先生　「はいー　えー　この安重根は一線を越えてしまったけど
皆さんは法律に則ったヒーローを　目指して
日々頑張ってください　努力すれば夢は叶いますから
だけど　かなり難易度高いぞ
はい　十分間休憩　ちょっと巻いてやらないと　現代いけないいな」

大久保　「あいつも一線越えてるけどな（笑）」

木藤　「ハハハ（笑）」
大久保、床に落ちた紙飛行機を指している。
「こんな答案用紙に答えてる　飼い慣らされた奴が
英雄になんてなれると思うか　てか　努力ってそもそも何？
金もろくにねぇのに英雄の話されても　なれるわけねーじゃぁん」

木藤　「目指すはアウトローだな」

大久保　「アウトローって　響きがかっこいぃ
　　　　……
　　　　おっ　吉村　メガネとっとるやんけ
　　　　気がつかんかった　存在感ないから
　　　　コンタクトにして色気づいたんか　女とヤりたい・の・かッ」

友輝　「…………」

木藤　「雰囲気　変わるもんだな　だけど　俺　お前のこと嫌いだから
　　　　どうでもいいわ　ボンボン　大嫌いなんで　すいませーん　ハハハ
　　　　じいさんのバナナが凄かっただけだろ（笑）」

大久保　「いつもシモに走るよな（笑）」

友輝　「うるせいな　ほっておいてくれ」

木藤、友輝の頭を平手で叩く。

「うるせいなじゃねーだろ」

大久保　「色ぼけボンボン　親父とタイ行って
旨いもん食ってきたんだろ　女もか（笑）」

木藤　「土産一つねえのかよ　俺もタイへ行きタイ（笑）」

大久保　「サムイって」

木藤、教室に置いてある植木の土を食べさせようとしている。
「暖かい南国へ行きたいのう　オラぁ　土でも食ってろ」

友輝、下唇を噛みしめる。
「…………」

同級生女子A、コンタクトレンズの友輝を見て、
「吉村　なんかカッコ良くなってない？」

同級生女子B　「うん　実はイケメンだったとか（笑）」

翌日

世界史の授業　ガンジーの非暴力について

世界史の先生　「ガンジーいわく
　　　　　　　【非暴力は暴力より無限に優れているし
　　　　　　　許すことは処罰より遥かに男らしい】
　　　　　　　今の時代にも当てはまりますね」

再び、紙飛行機が飛んでいる。
　　　　　　　「は――　紙飛行機　授業中　飛ばす馬鹿がいるか
　　　　　　　大久保　どういうつもりだ
　　　　　　　背中めくれ
　　　　　　　ハイ　もみじ饅頭――
　　　　　　　次は肩パンな　今日はここまで」

世界史の先生は手の平が広く、力も強いため皮膚に赤く跡が残る。

その赤く残る形が、もみじ饅頭に似ている。
この先生は「もみじ饅頭」と発しながら叩くのであった。

木藤　「出ました　もみじ饅頭（笑）」

大久保　「あいつ　ガンジーの言ってること　理解してないっしょ」

木藤　「超ウケるんだけど（爆笑）　お前って懲りない奴だな（笑）
次回作　期待しておりますー」

友輝、笑みを浮かべている。
大久保、友輝へ軽く肩パンする。

「お前　何　笑ってんだよ」

木藤　「次は美術か　かったりー」

美術の授業

美術の先生　「ハイ　今日は　歌舞伎役者さんの模写ということですが
まず　歌舞伎について理解しないと　絵というのは描けませんから
このビデオを観てください」

六世中村歌右衛門丈　娘道成寺　VTR放映

美術の先生　「左足が不自由なのに
この舞台へ立つ魂は凄みを感じずにはいられません
はい　何故　男性が女性の役をすると思いますか
目立つの大好き大久保君どうですか」

大久保　「それはですね　えー男好きだからですね〜」

（シーン）

美術の先生　「……はい　えー
日本が誇る歌右衛門様は
女形を　世にも奇妙な存在だとおっしゃっています
オンリーワンの存在ということですね　まさにスターです
それと中性的な人って魅力的なものなんです
宝塚歌劇団は女性が男性の役をしますよね
男性ぽい男性が男性の役をしたら　むさくるしくないですか（笑）
私は歌右衛門様の大ファンでして
楽屋にお邪魔させて頂いた時　ものすごく優しい方で
手招きしてくれて吹いた　あの風が忘れられません」

先生はトキメキながら、話しているが、大久保と木藤はポカンとした表情であった。

「さあ　描いてみましょう　下手でいいです　気持ちを込めれば」

友輝　「絵　描くって　楽しいね」

渡辺　「ホント　楽しいね」

美術の先生　「はい　和製ジェームスディーン・吉村君　とてもお上手ですね」

同級生女子B　「ホントだ　吉村　センスあるわ」

大久保　「ジェームスディーンって誰？」

木藤　「ジェームス三木の息子だよ」

大久保　「いたような気がする」

美術の先生　「ビジュアル系スターの渡辺君も　とてもとてもお上手です」

木藤　「世にも奇妙な渡辺君（笑）　メケメケッ」

美術の先生　「はーい　和製スティーブマックイーンの木藤君
ぬーだーを書かないでくださーい」

木藤　「先生　俺なんでスティーブマックイーンなんすか」

美術の先生　「はい　あなたは授業中　脱走してカラオケへ行ってたので
映画【大脱走】をご覧ください」

木藤　「はい　観てみますって　おいおい（笑）
第一そんな古い映画観ないって」

友輝、薄ら笑みを浮かべている。

大久保　「さっ　かったりー　美術も終わり　飯」

昼休憩へ

大久保、貧困のため、ご飯と梅干のみで勢い良く食している。

リズミカルに弁当と連呼している。

「絵なんてどうでもいいや　弁当ッ　弁当　弁当　食おうぜ」

木藤「金　昨日のカラオケでマジないから
俺はカップラーメン♪リハビリしてんだぁ」

大久保、米粒を飛ばしながら食している。

「俺　その曲嫌い　梅干　カー染みる　旨ッ」

木藤「いいよな　弁当　俺　親父しかいねぇから
おい渡辺　明日のカップラーメン代　ほら　わかるだろ　はよ」

渡辺　「……」

木藤　「鈍くせいな」

大久保　「またせびってるのか　これで親父に怒られたんじゃねーのかよ
反省なくして成長なしって　言われたんじゃねーの」

木藤　「私の人生　反省と後悔の連続です（苦笑）」

大久保　「木藤は　ハッタリと快楽の連続じゃねーかよ（笑）
しかしお前の親父も　なんで後ろ向きな言葉なの？
反省することにより　成長ありって
コーディネートすればいいのに」

木藤　「ちょっと　馬鹿なのよ（笑）」

友輝と弓道部・斉木、横目に弓道場へ向かう。

斉木　「友輝　お前のクラス終わるの遅かったな
　　　大久保　うざっ　よくわからないけど」

友輝　「さっさと行こうぜ　弓道場の方が空気　軽いから」

食堂のテレビに熱湯風呂チックな映像が流れている。

木藤　「修学旅行で　これ吉村にさせたら　爆笑だったな」

大久保　「あいつ　泣いてたけど（笑）」

同級生女子A　「真似するのやめなよー」

同級生女子B　「こんなの虐待ショーだもんね」

大久保　「うっせぃ　そこの渡辺は吉村のケツ見て　あそこが富士山だもんな
　　　　ガッチガチだもん（笑）　E気持ち」

渡辺、ゲイであり、顔を赤くしている。
　　　　「……」

木藤　「ビジュアル系スターどっきりマル秘報告——
　　　　バラしちゃったぁ（笑）」

大久保　「9月生まれのおとめ座だから　きもー」

同級生女子A　「はっ　何がマル秘報告だよッ
　　　　べつに渡辺君　悪いことしてないじゃん　お前だろ　きもいのは」

木藤　「大久保　こんな女　相手にするな」

大久保、とりあえず渡辺の頭を叩く。

「……きもいだと　女のくせに」

同級生女子A　「男尊女卑反対ッ」

大久保　「最近じゃ女尊男卑を唱える女もいるから
長い鼻　折ってやらないとな」

同級生女子A　「私らのことはどうでもいいけど
渡辺君や吉村の気持ち考えたことあるの？
仲間外れにしないでよ」

大久保　「はっ　仲間から外すことを　仲間外れっていうんだろ
　あいつら　だいたい仲間じゃねーから　ただのハズレだろ　アホ」

木藤　「そういうこと」

同級生女子A　「どういうこと？」

世界史の先生、通りすがる。

「大久保　やめろって　彼女できないぞ」


昼練　弓道場の神棚へ二礼二拍手一拝を一同している。

的前横、掛け声を響かせる役目の一年生部員がいる。

「一本　一本」

「射　射ッ　中《あた》ーりー」

弓道場へ陽射しが差し込んでいる。

友輝、一射引く。的が光線で神々しい。
一年生部員「中ーりー」
後輩女子A「こんにちは　いつもありがとうございます」
清掃員「オイース　頑張ってネー」
後輩女子A「峰先生　こんにちは！」
弓道部顧問・峰「こんにちは　今日の的　キラキラで眩しいな」
友輝、再び、一射引く。
一年生部員「中ーり――」

峰　　　　「射ッ　友輝　最近調子良さそうだな」
弓道部ＯＢ・千葉
　　　　「うん　吉村　射型いいヨ　もう少し背筋つけたら　なおいい」
友輝　　「射型　ぼちぼちです」
斉木　　「……ぼちぼちなのか　よくわからないけど」
後輩女子Ａ「吉村先輩　こんにちは　よろしくお願いします」
友輝　　「お　こんにちは　いい笑顔してるネ　一本」
後輩女子Ａ、一射引く。
一年生部員「中ーり――」

千葉　「射ッ　ナイスですねー」

峰　「……なんか　いやらしいな（笑）」

弓道部・小沢、一射引く。

一年生部員　「残念」

千葉　「お前　練習してないだろ」

小沢　「練習してますよ　日々努力してます」

千葉　「本当かよ」

小沢　「報われる日のため努力しています」

千葉　「じゃあ　この前の冬季大会　戦績言ってみろ」

小沢　「…………」

千葉　「言ってみろよ」

小沢　「一回戦敗退っす」

千葉　「おかしいじゃねぇか
努力していて　一回戦敗退って　どういうこと？
世の中では　お前みたいなの
努力しているつもりの　ヒトだから
そこは努力しています　じぁなくてさ　謙虚に頑張りますだろ」

小沢　「…………」

千葉、少しオーバーに発して、ピリッとさせている。

「返事！」

小沢　「はいッ」

千葉　「お前ら　中りは　みんなの応援の結果だから
感謝の心を持て　外れは自分自身の心の乱れ
一人で頑張ってると思うな　心の目を大切にしろよ」

斉木　「はいッ　一人ではないです」

峰、隅の方へ行く。

「まあ　千葉ちゃん　近く寄れよ

結局　向き不向きってあるんだけど
その世界に身を置いてチャレンジしないと
自分が向いてるか向いてないか分からない
小沢は向いてるんだけど　耐える力がないんだよな」

千葉「ま　そうですね　ちょっと喝入れておきました」

峰、小声で発する。

「まあな　えーと　この金で　7枠14番
単勝で買って来てくれ　いつも悪いな」

千葉、先程とは違い、ニコッとしている。

「穴馬ッスね　了解ッス　私は3連複で狙います
窓口が閉まってしまうので　大井へ急ぎます」

峰　　　「♪走れー　走れー　千葉太郎――」

千葉、小沢に言う。

「お前　いいセンス持ってんだから　頑張れよ　じゃな　よろしく」

小沢　　「……ありがとうございました　お疲れ様です」

後輩女子A、一射【引き分け】をしている。

友輝、後輩女子Aの肩を押さえている。

「もう少し　肩　落として」

一年生部員　「中ーり――」

後輩女子A　「ご指導ありがとうございます　テへ」

友輝　「【会】をしっかり保つといい」

後輩女子A　「はいッ」

友輝　「はいっていう返事がとてもスーッと綺麗だね」

後輩女子A　「ありがとうございます　テヘ」

後輩女子A、隅の方へ行く。

「吉村先輩　気になってしまう」

後輩女子B　「射型は　確かに綺麗だね」

後輩女子A　「気になるって　男性として　気になるって意味よ（笑）」

後輩女子B　「ごめん　ごめん　そうか　私はタイプじゃないけど」

後輩女子A　「先輩の遠くを見てる感じが好き」

後輩女子B　「目が悪いから　遠く見えないんじゃないの？」

後輩女子A　「だから　そういう意味じゃなくてさ（笑）」

後輩女子B　「どういう意味？」

後輩女子A　「わかった　練習しましょ」

後輩女子B　「いや　多分　夢美の想像力が豊か過ぎなんだよ　うん」

後輩女子A　「かもしれない　とりあえず練習しよう」

弓道場休憩室にて

斉木　「峰先生　昭和感なくていいわー」

ラジオ　「……愛知県の成人式で　市長へクラッカーを鳴らし
教職員死ネ等と叫んだ9人が警察によって
取り押さえられる場面もあり
今年の成人式は　荒れています……」

斉木　「アホだな　だけど1人でやったら　俺　ファンになっちゃう」

友輝　「まあな」

集団で行うと恐くはないが、
一人で行うということは、それなりの勇気と覚悟がいるものである。
斉木、鮮やかな弁当を開ける。
　　　　「さっさと飯食おうゼ　友輝」
ラジオ
　　　　「今日の1曲　昭和28年　トニー谷　さいざんす・マンボ」
友輝も鮮やかな弁当を開ける。
小沢、ラジオを消す。
　　　　「なんだ　この曲……（笑）」
友輝
　　　　「おこんにちはのヒトでしょ　おじいちゃんが好きだから知ってた
　　　　アイブラユーとかでも有名じゃなかったっけ
　　　　俺のおじいちゃん　けっこう芸能強いんだよな」

斉木　「ふーん　ちょっとよく分からないけど　あ　さっき
　　　たまたま大久保の弁当を見たけど　ご飯と梅干だけって……」
友輝　「トニー谷も言ってるじゃん　【お金が無ければ　ご破算ざんす】」
斉木　「あいつらからしたら　この弁当見た途端
　　　俺たち殴りたくなるだろうな」
千葉、一瞬、顔を出す。
　　　「おとっつあんに感謝しないとな　金を稼ぐってたいへんなんだぞ」
斉木　「戻ってくるの　早っ　あのOB　そんなこと言って
　　　競馬ばかりしてるけど　どうなの」
友輝　「♪馬で金儲けした奴いないよ」

後輩女子A　「失礼します
　吉村先輩　卒業式の日　先輩の弓巻をいただけませんか」
友輝　「え……（照）」
後輩女子A、その場をサッと去る。
　「よろしくお願いしますッ」
小沢　「うわっうわ　ヒュー　いきなり　大胆　どうなん？お前」
友輝　「うん　オタクっぽいとこなければ満点」
小沢　「アニメ好きみたいだしな」
後輩女子Aは、恋愛物の漫画が好きで、自宅では漫画本ばかり読んでいる。

テレビはほとんど観ず、漫画がアニメ化された時、観る程度である。

弓道場脇通路

大久保　「ここが　吉村のいる弓道場だよな
　　　　こいつら　よく神棚を拝んでるけど　変な宗教みたいじゃやね」

木藤　「宗教でしょ　神なんていないるわけないのに」

大久保　「だけど　独特過ぎて　きしょいんだけど」

木藤　「吉村がいる時点できしょいっしょ　天皇陛下万歳っみたいな
　　　　だいたい俺ら帰宅部で精いっぱいだし
　　　　部活できる金があれば　今頃してるよな」

大久保　「おう」

木藤　「夢のない家に生まれて　夢見る暇なく
　バイトしないと食えねーし　悲しい人生でありますよ」

大久保　「間違いない」

木藤　「お前の人生は間違いだらけだけどな（笑）」

大久保　「いやーん（笑）」

大久保・木藤、学校前道路を風を切って歩いている。

大久保　「ま　金持ってる奴は　そのうちホントに　夢見ちゃって
　新興宗教に入らされ　金持っていかれるパターンだな　アホだから
　そして　あんなホームレスに」

木藤　　　「とりあえず　恵みの十円玉　投げておこうか」

大久保、初老のホームレスへ十円玉を投げて逃げる。

ホームレスは、初老とは思えない程の物凄い勢いで追い駆けてくる。

　　　　　「ふざけんな　コラー」

大久保と木藤はなんとか逃げ切った。

ホームレスは、納得いかず学校受付で暴れている。

　　　　「てめぇーッ　それでも先生か」

担任と世界史の先生が頭を下げている。

担任の先生、大久保と木藤へ電話をして、呼び出す。

受付に現れた途端、平手打ちをして、説教する。全員が不快になった一日だった。

大久保の目には東京タワーが不気味に見えた。揺れているようにも見えた。

昭和も終わり、十年以上経って、

世の中全体に何か得体の知れない不気味で不吉な秩序が生まれ、

何が正しいか分からないまま、時が過ぎ、夢もない下向きな時代を創っていた。

職員室にて

友輝、ノックをする。

「言いにくいんですが　大久保から　いじわるされてまして」

世界史の先生　「よく耐えてるよな　あんなの　ガツンと言ってしまえばいいんだよ
だけど吉村は　気が弱いし　優しいからな」

友輝　「もう　ちょっと　いい加減　辛くて」

世界史の先生　「よし　わかった　一発言うわ
これだけ覚えとけ
お前が輝くのが最高の仕返しだから　変な真似すんなよ」

友輝、いつもの鼻の下を少し伸ばす仕草をする。

「はーい」

「光陰矢の如し」落書き　弓道場休憩室の壁に走り書きしてある。2002年3月へ

日本史の先生　「大久保　あれはどうにかしないといけませんです」

世界史の先生　「はい　なので　ホームレスの件も絡めて

吉村へ一言　言うよう諭します」

日本史の先生　「はい　一丁お願いします」

卒業式数日前

世界史の先生　「おはよ」

大久保　「……」

世界史の先生、このタイミングを狙っていた。

「おら　挨拶くらいしろよ　腰パンッ　直せ
大久保　お前はホント最後まで　手を焼くな
ちょっと前　ホームレスに十円投げたろ
黙ってたけど　ホームレスが怒って　受付で暴れてたんだぞ
人間である以上　みんな哲学を持って生きているんだから
侮辱しちゃダメだろ　卒業したら　俺は何もできないから
きちんと生きろよ　色々あるだろうけどさ
期待してんだから　本当に
俺の【希望の光】だからな
うん　花　咲かせてほしい　自分に負けるなって
どんな花だって　頑張って咲かした花は　何よりも勝る！

覚えとけ　だから　頑張って　咲かせろよ」

大久保　「涙　こんな俺を希望だなんて
生きている価値がないと思ってたので
すいませんでした　ありがとうございます……
ありがとうございます」

世界史の先生　「希望という言葉は生きる上で大切だからな
……　お前　吉村にいじわるしてるだろ　知ってるから
侮辱されたら　とっても悲しいぜ
吉村も辛い思いしてるから　最後　吉村に頭下げたらどうだ？」

大久保　「言いづらいですが　俺が完璧に悪いので言います
やり過ぎました　吉村への妬みもありましたが　最後だし
……　お互い気持ち良く卒業したいっす」

卒業式の日　教室にて待機中

大久保、友輝がトイレへ行くのを見計らっていた。

大久保　「……お　吉村　……　なんか3年間　悪かったな」

友輝　「なんだ　急に……」

大久保　「……お前のこと　正直　羨ましかった　とても
……隠してたけど（涙）
俺　親　いないし……　だけど　ごめんな」

友輝、ゆっくりと言葉を発する。

「……うん……　最後　一言　聞けて良かった
色々やられて　辛かったけど　もう忘れる

ていうか　忘れられる……
おそらく　一年の時　俺がお前の作った弁当を見て
まずそうって言ったのがきっかけだと思う　そこは俺も反省してる
親いなかったのか……　こうやって卒業式が迎えられて嬉しいよ」

二人は握手して、少し笑みを浮かべていた。春の生暖かい空気が流れていた。
校庭に桜が咲いている中、卒業式が執り行われた。

『You don't have to worry worry
守ってあげたい
あなたを苦しめる　すべてのことから
初めて言葉を交わした日の
その瞳を忘れないで』

卒業式後の弓道部謝恩会

後輩男子Ａ　「先輩方　今までご指導ありがとうございました
　　　　　　またお忙しいと思いますが　ご指導へいらしてください」

後輩全員　「ありがとうございました」

卒業生全員、ジーンとした気持ちになり、涙ぐむ者もいる。
卒業生代表として斉木が後輩たちへ想いを告げる。
「射ッ
これから　私たちは　それぞれ新しい世界で羽ばたきます
2年生　1年生　弓道を通して　色々な事を学んでください
弓道が決してすべてではありません
しかし　今は弓道に精進してみてください

ありがとうございました」

ワーッと拍手が起こる。

千葉　「お前ら　おめでとうな　ジュース差し入れー」

弓道部全員「ありがとうございます」

峰　「お　どうしたんだよ　そんな余裕あるのか」

千葉、小声で発する。

「峰先生にはレモンハイで　3連複　的中したっす
運も実力の内っす」

峰　「いや　運は運だろ　やるなー　終わったら　新宿へ飲みに行こう
明日　休みだし」

千葉　「私持ちで　おっパブでもいいっすよ（笑）」

峰　「バカ　声でかいって　そんなとこ行くか
いや　行くのもありかも（笑）」

千葉　「ハッスルタイムーッ　考えておいてください（笑）」

峰　「千葉ちゃん　ハッスルばっかしてると
アルシンドになっちゃうよ（笑）」

千葉　「友だちならあたりまえ（笑）
んっ　おッいたのか　なっ斉木」

斉木　「よくわからないですけど（苦笑）」

千葉　「え　知らない？　世代かな……」
斉木　「はい　ところで千葉先輩　お仕事　何されているんですか」
千葉　「千葉やっています」
斉木　「え　千葉って　YAZAWA的な感じすか　歌手かなんか」
千葉　「はい（笑）　歌手かなんか」

全員で記念撮影をしてから、ジュースで乾杯をする。
後輩らが射法八節を振りに取り入れたダンスを披露して、盛り上がる。

『ヤワなハートがしびれる
　　ここちよい針のシゲキ
　理由もないのに輝く
　　それだけが愛のしるし
　　　いつか　あなたには……』

小沢は特にノッている。

「イエイ　イエイ　イエイイエイ
　スピッツなのが　弓道ぽくていいな」

謝恩会は終わり、東京タワーが夕焼けに染まっている。

友輝、後輩女子Ａへ弓巻を渡す。

後輩女子Ａ　「ありがとうございます……」

友輝、好きだけど、照れが強過ぎる。

後輩女子A、心が通わない様子である。

「…………」

「…………（涙）」

友輝、浪人生活の日々が始まる。

乾かない洗濯物のように、ジメーッとした不安の日々でもある。

石井の奇行

深夜一時、小型の和太鼓を叩きながら、町内を練り歩く。

「トン　トン　トントン　トン　トン　トン」

父　「なんだ　この夜中に」

母　「なんでしょうね」

家族全員で窓から見下ろす。

父　「石井　太鼓叩いてやがる」

母　「迷惑よ　ホント」

父　「まして　夜中に……　おかしいわー」

友輝　「やっぱり　あの人　変だよね」

父　「これじゃ　嫌われるわけだ」

母　「よく見ると　あの人　目が見開いているわよ」

父　「何か変なクスリでもやってるんじゃねぇか」

母　「何かを訴えたいのかしら」

父　「困ったもんだよ」

友輝　「何か訴えたいことがあるんだよ」

父　「……なんだか　わけがわからない」

秋葉原　正午頃　路上にて

石井、豊次郎を見かける。

「有名人の吉村さんじゃないですか」

豊次郎、少し無視する。

「おぉ……」

石井　「反応　悪いですね
田舎ッペの俺とは世界が違い過ぎますか（苦笑）」

豊次郎　「そんなことないよ　何を言っているんだよ」

石井　自宅にて　鬱々として、妄想が増し、豊次郎の事ばかり考えて、苛立つ。

2日後

吉村豊次郎　自宅の居間にて、午後3時頃「東京ブギウギ」を聴いている。

石井、出刃包丁を持ち目が血走っている。

「(ピンポン……)　ちょっと話させてください……ちょっと」

豊次郎、押し倒されそうになる。

「……おぉ……どうした　石井　お　話そう」

石井、子供のような口調で発する。

「お前を殺しに来た　大人しくしろ」

豊次郎、現金を机へ置く。

「どうした　金ならいくらでもやるよ　まぁ落ち着けって」

石井、荒々しい口調になってきた。

「だから　お前は金の事しか頭にないんだ
金　金　金　金
今まで　無視され続けた俺のこの気持ちが
お前には分からないだろうな」

豊次郎　「なにか勘違いしているようだな　まあ　話そうよ　な」

石井　「勘違いだと　勘違いしてるのは　お前だろうが」

豊次郎　「悪い　申し訳ない　勘違いはしてないよな　誤解だよ　誤解」

石井、再び子供のような口調で発する。

「もういい　死んでもらう」

思いっ切り、豊次郎の腿に一刺しする。

豊次郎、動きがとれない。床に這い蹲りながら、頭の中に死が過る。

「よしッ　俺を殺して気が済むなら　殺せ！」

石井、一瞬ためらう。

「東京ブギウギ」が聴こえる。

この東京について明るく歌った曲が、石井自身、東北の秋田県から夢を抱き、上京したのに田舎者呼ばわりされ、散々苛められ惨めな思いをした記憶を蘇らせる。

明るい曲が一層、惨めさを感じさせる。耐えられず、

「東京に夢なんてねぇじゃねーか」

一気に顔からメッタ刺しにして、殺す。大量に血しぶきがあがる。

石井の顔が血しぶきで血だらけになり、顎から血が滴り落ちている。

豊次郎の顔面は原形を留めない程になってしまった。

「♪世紀の歌　心の歌　東京ブギウギッ
ワァ――――ッ」

友輝、予備校にて勉強をしている。
母から、携帯へ着信があったが、勉強中のため、無視していた。

予備校受付　テレビ放映中　御茶ノ水にて

ニュースキャスター
「今夕　東京都　千代田区在住の吉村豊次郎さん
77才の自宅に強盗が押し入り　吉村さんは
数十箇所刺され　死亡が確認されました
五十万円が奪われた模様です
恨みによる犯行も視野に入れ　捜査中です……」

ワイドショーが、このニュースに対して、議論している。
友輝、驚き、唖然とする。聖橋・神田明神近くの夜道を、原付バイクで、帰る。

母、泣いている。捜査員に、

「この人　父子家庭だったから……心配です……」

友輝、一点を見つめる。

「豊じぃ……」

遺体、白い布で包まれている。

父、豊次郎の顔を見る。あまりの惨さに、気が狂う。

「ううぅ」

不敵な笑いを浮かべ始める。

「ハハハハハ」

母

「……あなた……」

父、急に叫びだす。

「うおおぉ」

次の瞬間、突進して窓から飛び降りようとする。

捜査員、父を制止する。

「馬鹿ッ　馬鹿な真似するな
残される奥さんと息子の事を考えろッ」

父、眼鏡が飛び、泣き崩れる。友輝、顔が歪み、今にも号泣しそうである。

友輝は部屋へ行き、心が揺れ、ストンッと地に伏せる。

愛犬は、じっとしている。

捜査員「奥さん　先ほど犯人は捕まりました
後程　詳しく話させていただきます
ご遺体は　もう見ない方が良いと思います
そのまま火葬にしましょう」

母「そのようにしてください　お願いします」

母、友輝の部屋へノックして入る。

友輝「なんか　死にたくなってしまったよ」

母　「バカッ　あなたが死んだら　私も死ぬ！」

友輝　「ごめん……　何があっても生きなきゃね」

母　「当たり前じゃない　ほんとに……
石井がすべてめちゃくちゃにしてくれたわ」

町会長、弔問に訪れる。

「ご愁傷様です
この度は　私の至らなさが招いた結果です
申し訳ございませんでした」

母　「そんなこと　全くないです　どうか　頭をお上げください」

父　　　　　「そんなことないです」

町会長　　　「本当に　後悔しています……　お父様は生前
　　　　　　息子さんの事を誇りに　思ってらっしゃいましたよ」

父　　　　　「私は父の傘の下　生きてきた人間ですから
　　　　　　何もわからないんです　それなのに……涙」

町会長、電話を掛ける。
　　　　　　「お　聞いたか」

町会の人Ａ　「はい　さっき聞きました
　　　　　　驚いて　しばらく　声が出ませんでしたよ」

町会長　「今　弔問したんだけど　息子の光輝君が　痛々しくて
可哀そうで……可哀そうで　見てられなかった」

町会の人A　「そりゃ　そうなりますよ
私たちも　石井を敬遠していたので
反省というか　後悔の気持ちも過りました」

町会長　「俺も後悔してるんだよな
もう少し　石井に声かけてやれば良かったなと」

町会の人A　「そうですが　起こる時はなにしても　起こりますから
今は　豊さんのご冥福を祈るしかないです
アメリカの景色を　魅せてあげたかったっす……ネ」

町会長　「うん　なんか泣けてくる……」

後輩女子A、豊次郎の事件をニュースで知る。心配して落ち着かない。
一度、電話するも掛からず。二度目にて掛かる。

後輩女子A　「こんばんは夜分失礼します　先輩　私です」

友輝　「おっ久しぶり」

後輩女子A　「大丈夫ですか　ニュース観て　居ても立ってもいられず」

友輝　「……ありがと　しばらく何をしていいか　わからないよ
落ち込んじゃってさ　夢美さんは元気？」

後輩女子A　「はい　私は大丈夫です
先輩　今はゆっくりと　体調にお気をつけください」

友輝　「今はホント何をしていいか　うん　また　落ち着いたら
　ありがとう　声　聞けて良かったよ」

後輩女子A　「はいっ　失礼しました」

その後、閑散とした暗い家庭になり、会話のない食事が続く。
友輝、テレビから事件のニュースが流れて、消す。
殺人のニュースが豊次郎を思い出させるので、トラウマになってしまった。

父、焼酎を飲んでいる。ニュースを観て、
　「人の不幸をなんだと思っているんだ」

母、下を向いている。
　「所詮　人の不幸は蜜の味なのよ」

父　「【事実は小説よりも奇なりッ】
　　俺も小説を　よく読むけど　今回の事で　色々考えさせられたよ
　　まさか　こんなことが起きるなんて……」

秋葉原の光景を眺めている。

　「秋葉原もだいぶ変わってしまったな
　大田市場へ移転する前　秋葉原に市場があった頃はいい時代だった
　今は……　空想の世界へ入ってしまっているよ　全く
　いつ滅んでもいいと思う
　しかし　メディアに踊らされた惨めな町だよ」

友輝　「何かが　狂っているんだろうね」

秋葉原の光景は、どんよりした雰囲気で、雨模様の日であった。
秋葉原はテレビが至る所に多く置かれている。
友輝は気分を変えようと思い、近所を散歩していた。

電気店にて、テレビがいっぱい置いてある前に立つ。暗いニュースが流れ、苛立ち、去る。

引きこもりがちな生活が続く。

ある日　秋葉原路上にて

友輝、人混みの中を歩いている。その中、懐かしさを感じる。

「あれ　豊じぃ……あれ」

追いつこうとするも、なかなか追いつかず。自然と涙、滲む。

「豊じぃ……」

豊じぃに似ている人ではあったが、人混みへ消えていった。

友輝の追いつこうとする必死さに豊じぃに会いたい気持ちの強さを感じる。

もう豊じぃに会うことはできない。

せめて現代のお年寄りの介護をすることが
豊じぃへの感謝を間接的に伝えることができる仕事・福祉に興味が湧く。

それからか、徐々に笑顔で会話できることが増してきた。
家庭にも明るい光が少しずつではあるが、射してきていた。

ワイドショー　芸能人のスキャンダル　放映（祝日）

母　「こういうとこのなんとか評論家って
本業が暇だから出てるのよね（苦笑）
物事が正しいか　間違えてるか　一生懸命で言い合ってるけど
たとえ　正しくなくても
そこまで言わなくてもいいのにってことあるわよね」

父　「暇っていうのもあるけど　ギャラがいいんだろうな

大口叩けば　金になるから」

友輝　「恥ずかしくないのかな　よくわからない（笑）
金のためなら　なんでもするんだな　綺麗事　並べちゃって
これじゃー加害者も被害者も報われないよ」

父　「俺は恥ずかしくて　人のこと正しくないとか言えないよな
殺人について討論している奴は　気が狂ってるとしか思えない」

友輝　「なんでも討論すればいいとでも思ってるから　だいたい
俺ら　そんな　正しいかそうでないかなんて　求めてないし
一部の暇人くらいでしょ　お求めの方は
暇だと　どうしても考えることがないから
理屈っぽくなるのは分かるけどさ（笑）」

母　「そうだね　平日昼間こんなの観てるのは
　　暇人以外いないわよね　鋭いな　友輝
　　その暇な時間　スポーツでもして趣味に使えばいいのにね」

友輝　「いや　普通に考えてそうでしょ
　　暇人の暇人による暇人のためのショーでしょ
　　そりゃテレビ局も低視聴率で悩むよ
　　そこまで視聴者は馬鹿じゃないし
　　この人ら　逆追跡したら　面白そうじゃん」

父　「お前　リンカーン習ったな
　　まー　人間　誰でも叩けば　ホコリが出てくるものだからな
　　だけど暇人だから　追跡したところで　何もネタがないくらい
　　つまらない人間だと思うよ　もう一度言うよ　暇人だから（笑）」

友輝　「こうして笑える話ができるようになって　なんか　嬉しいよ
確かに　何もネタにならないだろうね
可哀そうな感じもする　痛い感じというか
この番組が日本の現状と思うのは安易だし
ズレてるわ　なぜなら暇人の番組だから（笑）」

父　「だけど　暇なら暇でいいんだけど　人としてどうなんだろう
この人らは　屁理屈を言って　食べてる人だからなあ
職業に貴賤なしっていうけど　貴賤あると思うよ
迷惑かけちゃダメだよ　ま　社会には色々な仕事があるんだよ
世の中　理不尽なことばかりだ」

母、男性俳優の不倫報道を観ている。
「うーん　色々な愛の形はあるからね」

友輝　「うん……確かに　せめてネタになるくらいの
人間にはなりたいよ（笑）」

父　「不倫はＮＧだぞ（笑）」

友輝　「（苦笑）　生きていて　理不尽なことはあるよね
ぶっちゃけ　テレビなんてない方がみんな
アクティブになって経済が回るんだけど（笑）」

父　「お　お前　政治家になれよ」

友輝　「総理大臣になってテレビをR指定にしたるで（笑）
だけど　政治はあんま興味ないんだけどな
俺はさ……福祉の仕事に興味あるんだ」

父　「なんでも頑張ればいい　まあ　頑張りだけで
物事上手くいく世の中ではないけどな
部活でもそうだったろうけど
今のうち理不尽なことに　慣れておくといいぞ
介護の世界でも　色々なことがあるだろうけど
お前も俺の若い頃みたいに　他人飯食ってこいや
俺は年寄りの　下の世話はしたくないけど（苦笑）」

友輝、いつもの鼻の下を少し伸ばす仕草をする。
「うん……まっ　努力すれば
必ず報われるなんて　思ってないけどさ
だけど　努力はしないとね　うん」

父　「お母さん　焼酎　薄めでお願い　友輝も　未成年だけど　いいよ」

母、焼酎2杯持っていく。
「いいのかしら」
父　「努力じゃあないんだよ　一つ教えておいてやるよ」
友輝、焼酎一口飲む。
「うん　なんかスースーするね」
父　「俺もさ　お前くらいの頃　物書きを目指していたんだよ
結局ダメだったんだけど
教訓として　努力でもなく　能力の差でもないんだよ」
友輝　「そうなの？」
父　「いいか　言うぞ　……

情熱の差なんだよ　文なんて練れば練るほど
ネルネルネーネ（笑）状態なんだよ」

友輝　「味が増すという意味ね　だけど　情熱的になりたくて
みんな苦心してるんでしょ」

父　「お母さん　もう少し濃めのお願いします　よし　語るぞ（笑）
情熱とは　友輝に今　原稿用紙1枚なんでもいいから書けって
書かせるだろ　まあー　つまらない文だと思うよ」

友輝　「書いたことないし　才能ないもん」

父　「じゃあな　1週間　友輝にしゃべることを　禁止する
先生や先輩　友人に　ムカつくこと言われても　何も言えない
どうなる？」

友輝　「モヤモヤするよね」

父　「モヤモヤするよね　ということは　何か訴えたい欲が出る
そして色々な角度から物事を考えるだろ
そこで原稿用紙に書かせる　まあーいい文書くよ」

友輝　「つまりモヤモヤが情となって　熱を帯びて
溢れ出るということかな」

父　「そう　そう　だから若くて生意気だった頃の
俺はモヤモヤを貯めることが乏しくて　ダメだった
世の中に揉まれ　どんなつまらない仕事でも
屁理屈言わず真面目に生きることが　下積みとなり
情熱へと変化する時が来ると思った　だけど　奉公へ5年行ったけど

所詮身内飯で生きてきた人間なんだよ　俺は」

友輝　「へぇー　他人飯ってけっこうキツイだろうけど
色々な景色は見れるんだろうね」

父　「他人飯だな　努力っていうのはさ　人として真面目に生きること
だから当たり前のことで　わざわざ言うことでもない
何かに取り組み頑張るようなことを　努力っていうのかな
俺はそう思わない」

友輝　「たしかに努力って色々な解釈があるよね」

父　「だから　お前には厳しいこと言うけど　他人飯食って
できたら俺の夢だった　小説家として
40才の時　書いてみて欲しい　小説を書けるように」

父　「小説のような　ドラマチックな生き方をして欲しい」

友輝「想像できないけど夢の1つとして　頭の片隅に置いておくよ

サインの練習はしとく（笑）」

父　「すぐ調子乗るからな（笑）　お前のサインなんていらねーよ

ま　何事も形から入るもんだからいいだろ」

母　「私はサイン欲しいわ」

友輝、いつもの鼻の下を少し伸ばす仕草をする。

「うん（笑）　徒手練だね

今は　豊じいともっと一緒にいたかったという

モヤモヤだけだよ　悲しいね」

父　　　　　　　「これから良い事あるよ　必ずある！
それと　小泉総理も言ってたけど
人生　上り坂　下り坂　まさか
三つの坂があるって　自分の状況をしっかり自覚しろよ
特に上り坂の時は　また調子に乗るなよ
お前　たまに調子に乗る時あるから
分かってんかよ　エリマキトカゲ」

友輝　　　　　　「は～い（笑）」

母、動物図鑑を見ている。
「えー　大きな襟飾りを持ち　興奮すると
これを傘のように広げ　威嚇する（笑）
求愛行為時も同様の事をする（笑）って図鑑に書いてあるわよ」

父　「子供の頃　真似してたのは　求愛行動だったんだな　ハハハ（笑）」

友輝　「うん（笑）　けっこう気持ち入れないと
エリマキトカゲにならないんだよ（笑）」

母　「上手だもんね
あ　おじいちゃんの演技指導が上手だったのよ　褒めて伸ばす感じ
おじいちゃんには　求愛行動してばかりだったけど
学校では　求愛行動してないみたいだったわね（笑）」

数日後

父　「友輝　ＶＨＳ　出てきたぞ」

友輝　「【昭和61年　家族】ってシール貼ってある」
母　「観てみようよ」
父、恥ずかしさと、泣いてしまう予感がしたため居間を去る。
「俺はいいや……なんか……」
母、VHS放映のスイッチを押す。
「あら　友輝　幼稚園のお遊戯会だわ　主役したのよね」
友輝　「ぜんぜん覚えてないけど（笑）」
砂あらし映像が少しの間、流れる。そして、お遊戯会終了後の映像が流れ始める。
母　「あら　あら　おじいちゃん　まだ若いわ
まだ髪の毛に黒いのがある　脇だけど」

友輝、ジーンとしている。

「…………」

母　「ワハハ（笑）そうね　この頃　エリマキトカゲが流行ってたのよ」

エリマキトカゲ、襟を両手で作り真似している映像が流れ、
豊次郎が「ユウー　ジニアス」と友輝を褒めている。
友輝はその映像を観て、想いがこみあがる。

「……（涙）ダメだ」

心、温まる家庭映像が続く。

友輝の携帯へ電話

弓道部の友人・斉木
「お　久しぶり　色々あったみたいで
なんて言っていいか……
俺とテレビ番組の観覧へ行こうぜ　たまには　笑ってさ」
友輝　「おう　あんなとこ馬鹿が行くとこだヨ　なんていう番組？」
斉木　「世界ビックリニュース」
友輝　「あーあの番組は　かなり上級な馬鹿の集まるとこだな（笑）」
斉木　「大丈夫　俺達　馬鹿だから　浪人してんだろっ　……な
しかも　親の金で生きてる上級な馬鹿だから
ぴったりじゃん（笑）」

友輝　「ハハハ　そうだな　よしッ　行こう」

斉木　「そうこなくちゃ　またな」

友輝　「じゃ　また　よろしくー」

携帯を切る。

母　「…誰からのでんわ？」

友輝　「斉木」

母　「珍しいわね　会うの？」

友輝、ちょっとした嘘をつく。

「今度　お茶する」

友輝、祖父の遺影をじっと見つめている。

母　「……おじいちゃんは　次男なのに　家業を継いで
　　色々な苦労もあったようだけど……
　　長男が飲兵衛だったみたい……
　　こうして暮らしていけるのも　おじいちゃんのお陰なのに
　　まさか　あんな最期になるなんて　思ってもみなかったわよ」

友輝、何か企てる目をふとする。
　　「豊じいにまた会いたいネ　あんなに可愛がってくれたのに」

母　「ね　しかし　あんな惨いことをしたのが
　　近所の　あの石井だなんて　考えただけで　ゾッとするわ」

友輝　「きっと　みんな色々　苦労はあると思うけど
豊じいが幸せに見えたんじゃないかな
新聞に載ったのは良くなかったな
だから　あの男は　本当に不幸で　可哀そうな人なんだよ
変な意味ではなくてさ　少しでも愛情を感じていれば良かった」

母　「うん　孤独ほど辛いものはないわよね」

友輝　「だから　この世から不幸な人がいなくなれば
こんなにも惨いことは　無くなると思う」

母　「友輝　大人になったわね（涙）
不幸な人って特にどんな人のこと？」

友輝　「やっぱり　さっきの話じゃないけど
孤独な人だと思う　一人じゃ何もできないよ」

母　「うん　助け合いの精神はお互い大切ね
一人だとキツくて……　無理だわ……
あれよね　体感しないと分からないことってあるのよ
言葉では伝わらない　感覚的な何か」

友輝　「岡本太郎の絵とかね」

母　「そうそう　急に岡本さん（笑）　ピカソもそんな感じね
だから　説明書きはいらないのよ
また言っちゃうけれど
評論家って　文化への冒涜だと思うの」

友輝　「絶対そうだよ　うん　自分に感想を寄せようとするし」

母　「だけど　どうしようもない……
…………
私たちは今できることは何か　困難に直面していることを思うより
平和な事を想像するだけで　不思議と変わっていくものなのよね」

友輝　「想像してごらん　みんながただ平和に　生きてるって
そんな歌詞　あったね　念じると良い事　起きそうだな」

母　「想いは通じるからね　しかし　今夜は　星が綺麗ね
おじいちゃんも星になって
友輝を　きっとお空から　見守ってくれているはずよ
こんな夜は星に願うといいかもね　信心って大事よ」

友輝、涙、滲む。拝みながら、
　「うん　綺麗な星だね」

テレビ観覧前日

メールにて、斉木から
　「４６４９」
ポケベルの名残りで、数字で送られてきた。
友輝が
　「３９　４６４９　勉強も頑張る　眠くても」
斉木が
　「負けねえから　４６４９」

テレビ観覧当日　朝

友輝、髪の毛ボサボサで起きてきた。

友輝　「昨日　夢を見た」

母　「え　珍しいわね」

友輝　「弓道をみんなで無邪気にしていた
だけど　どこか寂しさを感じた頃　目が覚めた」

母　「仲が良い女の子とかいるといいんだけどネ」

友輝、照れている。

「気になる子はいるけどね……」

母　「いいじゃないの　おしていきなさいよ」

友輝　「……そういや　誰か　夜中　頭撫でた？
　ちょっと怖くて　目を瞑ってたけど」

母　「私　部屋入らないから」

父　「そんなことしないよ……」

友輝　「……おかしいな……気のせいか……」

友輝は、豊次郎があの世から頭を撫でに来たのかとふと過る。
そう思うと、全く怖くなく、寧ろ懐かしい気持ちになった。

友輝、神棚にて　二礼二拍手一拝を行う。
仏壇へ向かい、祖父の遺影を見ながら線香をあげる（供え物　バナナ）。

友輝、秋葉原駅へ意気揚々と向かう。

通行人男性、友輝を見て、

「うゎ　怖ッ　さすが秋葉原」

待ち合わせ場所　秋葉原駅　改札前にて

メディアに対して、抵抗しようと思い、奇抜ないで立ちである。
髪型が中分から七三、コンタクトを止め、分厚いメガネという様で、
平和を訴えるため、ジョンレノンとオノヨーコがハグする服を着ている。

斉木　「おこんにちは　てか　どうしたんだよ
　　イメチェンか　メガネしてさ　昔のお前に戻ってどうするんだよ

友輝　　　髪型も　なんか　ちがわねーか……」

友輝　　「おぅ　コンタクト　切らしててさ」

コンタクトレンズは、まだ在庫がある。嘘をつく。

斉木は、友輝の人柄を知っているため、奇抜ないで立ちがさほど気にならない。

「なんか怪しいけど　まあいいや　行こう

昨日　夜中3時まで勉強していたから

マジダリィー　3時だよ　3時」

友輝　　「俺　8時間睡眠」

斉木　　「は――っ　アホか　二浪だぞ

しかし　秋葉原　久々だけど　電磁波に汚染されてね？（笑）」

友輝、電車に揺られながら、

「ドロドロだよ　心という大切なものは　二の次の時代だから」

斉木　「何が醜くて　何が美しいか分かる人間になれと
よく親から言われるけど　この町が醜いのくらいは分かる
ドロッてるし　心って　意外と大事なんだけどね
弓道もそうだし」

友輝　「弓道はなんだかんだ言って心が命だよな」

斉木　「電磁波爆弾の被災地アキバ（笑）　よくわからないけど」

友輝　「それピー入れておいて（苦笑）」

斉木　「そういえば　命で思い出したけど
あの大久保　子供が生まれるらしく
マヨネーズ工場で一生懸命　働いてるってよ

同じ工場でバイトしてる子から聞いた」

友輝　「うん　良かったじゃん　子供って早っ　大久保らしい
意外といい親父になるんじゃないか」

斉木　「木藤は詐欺で執行猶予中らしい（苦笑）」

友輝　「（苦笑）　その気はあったよな　ギラついてたもん
どこでも最低限のルールがあるから
それを守らないと　木藤になるなぁ」

斉木　「弓道ってスポーツなの？」

友輝　「話　戻るんかーい（笑）　木藤はどうでもいいのかー（笑）」

斉木　「うん（笑）」

友輝　「クラス違うし　そんなもんだよな
　　　弓道はスポーツじゃないと思うよ　茶道に似てると思う
　　　母親がお茶の免状持ってるから　話を聞くと似てる感じがする」

斉木　「初段って中っても　受からない奴
　　　中らなくても受かる奴　美しさだな　日本の美」

電車を降り、友輝と斉木はテレビ局へ向かうため、歩いている。

テレビ局到着

友輝、メガネが目立ち異様さを感じて、スタッフに止められるリスクを無くすため、メガネを外してポケットに隠している。目の焦点が合っていない。

斉木　「早く着いてしまったな　可愛い子がいるからってとってるのか」
友輝、微笑む。企てを匂わす表情をしつつ、階段を登っている。
斉木　「モテるといいけどな（笑）……　暗いから気をつけろよ」
友輝の企てに斉木は全く気づいていない。友輝、ふいに躓く。
斉木　「カッコつけてるからだよ（笑）」

観覧席へ着き、メガネを外したままで座る。会場は卵型であり、
テレビ局へ早く着いていたせいもあり、一番上段、目立つ席に座ることができた。

前説芸人　「さあー　盛り上がって参りましょうー
皆さん　なるべく笑ってくださいね　オーバーに笑っていいのでネ
タレントさんがもう少しで入場しますから
拍手の練習でもしますかぁ」

斉木　「拍手の練習なんてあるんだ（笑）　オーバーにって……輩だな」

友輝、わざとニタニタした表情をする。

ディレクター、友輝を見ながら、

「あいつ　え　目の焦点が合ってないんだけど　大丈夫か」

スタッフ甲
「やばっ　何か打ってるんじゃないすか　ニタニタしてるし
俺　マークしときますわ　こわいこわいっ」

スタッフ乙、馬鹿にした笑いをする。

「ヘッ」

タレントらの入場が始まり、前説芸人が精一杯、拍手している。

「ワーッ　ヨッ　パチパチパチ」

タレントA、友輝の目を見て嘲笑い、会場に響く程の高笑いをする。

「ハハハーッ」

友輝、ディレクター・スタッフ甲・タレントAの言動に気がついているが、
自分に関心を寄せているため、敢えて、耐えている。
特にタレントAに嘲笑われ、気持ちが高揚し始めている。

世界ビックリニュース

友輝は、この番組が中傷する内容を多く含むことを知っている。
タレントら、アホっぽくトークしている。
司会者女性　タレントA　タレントB（黒人）　タレントC　マルチタレント

録画放映が始まる。
社会の貧困層を特集（中傷する内容あり）。
友輝はここぞとばかりに、メガネをかけ奇抜さを出す。
ネガティブな映像に対する抗議の意味も含めて、下を向く。

斉木は、昨夜の勉強のためか、居眠りを始めていた。
スタッフ甲・スタッフ乙は
メガネをかけたことにより、焦点が合わないのは、目が悪いからだと知る。
そして、下を向いている友輝に、異変を感じ、ビビる。
友輝、傍らでマークしているスタッフ甲へガンを飛ばす。
スタッフ甲は、もっとビビり、目が泳ぎ始めた。
友輝へのマークを止め、少しずつ後退りしてその場からいなくなる。
タレントA、状況が把握できず、オドオドして貧乏ゆすりが止まらない。
周りのタレントらも状況を察して、表情が曇り始める。
観客も様子がおかしいことに、気がつき始めている。

録画放映のテーマが変わり、
怪奇殺人の真相。
「このサイコパスは　前科があり……　世の中に対して……」
タレントらの表情がさらに曇り、

観客も奇抜ないで立ちで下を向く友輝の存在に気づき始める。

観客男性A、観客女性Aへ、小声で、

「変な奴がいる……」


殺伐とした雰囲気が漂う。


友輝、下を向くのを止め、上体を起こす。

殺人の映像が流れているにも拘わらず、高笑いをわざとする。

「ハッハッハッハッ」


友輝の声が会場へ響く。

その瞬間　空気が変わる。

観客らは、高笑いの声が聞こえ、一斉にオドオドし始めた。

友輝、ニタニタした表情をする。再び下を向く。

観客ら、殺人に関する録画映像が友輝の異様さと相まって、恐ろしくて観られず。

観客の中には、顔を覆う者もいて、会場が凍り付く。

観客ほぼ全員が、録画映像から目を背ける。
友輝の存在だけでも、恐怖を覚えているのに殺人に関する映像を観ると、
さらに恐怖が倍増するため映像を拒む様子あり。

友輝、放映と共に群集心理を利用している。一人、目立っている。
緊迫した空気が流れている。
ディレクター、ディレクター室にいて、青ざめる。
「ひでぃー　こいつの住所　調べてこい！」

スタッフ乙　「はいッ」

タレントB、友輝を暗に慰めている。
「私も目が悪くて　肌の色もさ　若い頃　馬鹿にされましたが
それを個性と考えていますよ」
友輝、ずっと下を向いている。念じている様子であり、

会場はというと、凍りついたまま。
ディレクター　「おい　何かあるだろうから　警察へ通報して
とりあえず　待機させておけ　急げ！」
スタッフ甲　「はいッ　急ぎます」
録画放映終了。
シーンとした間あり。
観客らは、警察沙汰になる予感をしていた。
息を呑みながら、十秒ほど沈黙の時間が流れる。
司会者女性、冷や汗を滲ませながら話し始めた。
「今日のこういう映像は精神的に良くないですね
すいませんでした」

タレントC、怯えながら、

「それを言いに来たんでしょ？」

友輝、一拍置いて溜める。

タレントCと目が合う。

次の瞬間、

**友輝の変顔**【鼻の下を伸ばし、口角を下げ、えらを張る顔】

その変顔を観たタレントCは、肩を大きく振りながら大いに笑う。

「ハァハァハ――ハハ」

友輝は鼻の下を伸ばす癖があり、エリマキトカゲも意識していた。

言葉で、表現するより、表情で笑わせつつ、感情に訴え色々想像させた方が、強く訴えられることを知っていたのである。

少し場が和む。

スタッフ乙、カンペで【秋葉原出身】を掲げる。
マルチタレント、カンペを見て何か察した目をする。
「まあ　コンピューターグラフィックとかていうのも　リアルさがないから　不味いんだよな
今日の録画映像も　君がいたから
リアルに感じて　俺もビビったよ
うーん　去年のアメリカであったテロもさ
よくワイドショーで飛行機の映像とか流して
議論してるけど　あまりにも衝撃的過ぎて
リアルさに欠けてよ　子供には良くないな」
友輝、ウインクするような表情をする。
タレントCは、その表情を見て安堵し笑う。
観客はホッとすると共に友輝の行動に、怒りがこみ上げる。
観客の中には、恐怖のあまり失神する者もいる。

観客男性A　「あいつだ！　怒」

観客女性A　「最悪な男じゃないの　もう」

観客男性A　「なんなんだよ」

観客女性B　「ムカつくーッ」

友輝、胸を張って退場をする。

小さくガッツポーズをしながら、小声で、

「射ッ」

会場を後にして、斉木と帰り道を歩いている。

斉木　「お疲れ　最初　タレントのトーク

マジ寒くて　風邪ひくかと思ったわ（笑）」

友輝　「おつ　まあな（笑）　ホント　風邪ひくなよ（笑）」

観客男性A、友輝へ怒鳴る。

「てめぇ　うぜーんだよ」

斉木　「知り合い？」

友輝　「うん（笑）」

友輝、観客男性Aとは他人であるが、適当に返事しておいた。

斉木、市ケ谷駅へ向かって歩く。

「へーまぁー　拍手の練習には驚いたよ　まぁ
【観覧バイト】っていうのもあるくらいだから
俗にいう【笑い屋】っていうやつだ」

友輝　「買い被りもいいとこだな」

斉木　「昭和感　強くて
現代にアップデートしてくださいっていう感じ」

友輝　「まあ――　ひどいもんだよ　叩いたりして　下品（笑）
まさに昭和！　昭和の悪いとこ」

斉木　「なんか残念だな
昔もらったタレントのサイン　いくつかあるけど
鍋敷きにでもしよか（笑）」

友輝　「サインか　偶像というのを見てたんだな」

斉木　「スタッフから変えて頂きたいですね
ていうか　ま　アップデートってナニ？　っていうレベルだろうな

友輝　あー　半分寝てたわー　来て損した　誘ってなんか悪かったな
ま　来年こそ　一緒に大学入ろうな
スベリ止めくらいはせめて　受かるように頑張ろう　はは……」

斉木「おぅ　斉木と会えただけで良かったけど
だけど　大学入ってもな……色々考えたけど
俺　介護士になりたいと思うんだ　年寄りの笑顔が好きだし
近いうちに就職しようと思う」

友輝「その方が賢いかも　豊じいさんと仲良かったもんな……
わりい　思い出させてしまった……」

「いや　豊じいとの思い出は　良い事しかないし
そう言ってくれることが供養になるよ」

友輝　「ま　念力みたいなのってあって
俺は介護士に絶対なって
笑顔いっぱいな世界にするってくらいの気持ちで
自信過剰くらいでいいと思う」

斉木　「そして　夢美ちゃん（後輩女子A）に
告白するくらいでいいと思う（笑）
お前のこと　めっちゃ好きみたいだったからな
まあ念力……よくわからないけど　思いは通ずるってやつか」

友輝　「ちょっと　訛ってたけど（笑）　俺には夢がある」

斉木　「社長になる夢だろ（笑）」

友輝　「いやいや　そんな小さな夢じゃないよ」

斉木　「まぁいいや
　　　今度　エモンズカフェで　夢の続きを聞かせておくれよ
　　　友輝は生活に困らないんだから　恐いもんないだろ
　　　Ｙｏｕ　革命　起こしちゃいなＹｏ
　　　またな
　　　俺は　宝くじ屋　寄ってから帰る　俺にも夢がある（笑）」

友輝　「Ｙｏｕって（笑）　ドリームジァンボな夢か
　　　おぅ　また」

斉木、キング牧師のように、
　　　「アイハブアドリーム　チュッス」

2人は、駅のホームで別れる。

タレント楽屋にて

タレントC　「お疲れ様です　あー　何かしでかすかと思って　焦ったよ
録画がモロ　リアルに感じて　観てられなかったぁ」

ディレクター　「和気藹々とした録画の回も　あるんですけどね
たまたまエグイ映像の回でして
外部には漏れるはずがないんですが
あいつ　賭けに出たんでしょう」

司会者女性　「まあ　本人にとって　運が良いのか　悪いのか　分からないけど
結局　私たちはいつも収録していて　感覚が麻痺してしまうのね

貧困に苦しんでる方や　事件に遭った方からしたら
さっきも言ったように　とても観てられないわ
それと　偏見も映像によって生まれることを
私たちは　今一度　見直すべきだわ　そうですよね？」

マルチタレント「運は持ってると思うよ　ま　リアリティーの問題だな
子供で例えると　殴ってきたら　必ず説教と共に殴り返して
痛みを感じさせないといけないでしょ
最近の親や先生は殴り返しづらいようだけど
そんなガキ　大人になったら　暴力沙汰で刑務所行くでしょ
うん　だから　あの子は　殴り返してきただけで　正しいと思うよ
演技という凶器で　メガネも凶器になったなぁ
ま　役者とか向いてるかも」

ディレクター「狂った方の狂気だったら　事件でしたね」

タレントC　「ま　言葉だけでは伝わらない
体感しないと解らないことってありますよね
殴られる愛っていうのがあるのは事実ですね」

マルチタレント「程度問題だな
ま　俺なんか　そんなガキいたら　殴っちゃうけどな
子供を刑務所へ　行かせたい親なんかいないだろ
まあ　あの子　人相というか素振りで
俺は何か訴えに来たのは分かったよ　悪い感じしなかったもん
俺も役者したりしてるから　なんとなく分かるんだけど
演技してるのは感じたな
本当にやばい奴は目が血走ってるもんよ」

プロデューサー「はい　役者の素質はあるのでしょうね

放送委員の轟に伝えておきます」

タレントC　「そうですよね　俺でも感じましたよ
俺たちが客を笑わすために　ふざけてたら
一瞬　笑みを出したから
真から悪い奴だと思わなかったけど　それでも焦りましたよ」

タレントA、冷や汗をかきながら、
「焦りますよね」

タレントC　「ビックリしちゃったよ
これがホントの　世界ビックリニュース（笑）てか」

タレントA　「冗談言ってる場合じゃないですよ（苦笑）」

タレントC　「ごめんごめん　このことは業界に広まるだろうな
再び同じことされたら　困るから　伏せにかかるだろうけど」

プロデューサー「伏せざるえないですね」

タレントA　「あの子個人の情報は勿論　流せないですね
ひゃー　あの子　秋葉原出身って　カンペであったけど
どんな履歴なんでしょうね」

ディレクター　「気になります」

タレントA　「……こんなこと言っていいか　わからないですが
この後　あの子が　事件を起こしたり
身を投げて死んでしまったら
勿論　万が一の話ですよ

それこそ　たいへん問題になりますね……」

タレントC「心配ではあるけど　最後に顔で笑わしにかかるとこ見ると
そんな馬鹿なことしないと思うけどな」

マルチタレント「心配し過ぎ　大丈夫でしょー」

タレントB「だけど　日本って恐いですね」

マルチタレント「いや　恐かないんだけど
あの子は文化というかメディアに
一石を投じるつもりで　驚かしに来たんだろうけど
日本も世界も文化水準が　低下し始めているでしょ
結局　日本の独特なとこを伸ばす必要は　あるんだけどな
今の政治家には無理だよ」

タレントC　「我々が頑張らないといけないんですね」

マルチタレント「うん　こう偉くなっちゃうと
気づかせてくれる人もいなくなるんだよな
だから　有難いことです」

警察官、ドアをノックする。

「ども　どうしましたか
とりあえず来てくださいと言われまして」

ディレクター　「すいません　酔ったスタッフが
電話してしまい　申し訳ありません」

警察官　「そうでしたか　気をつけてくださいね」

ディレクター　「しっかり注意しておきます　すいませんでした」
マルチタレント「お疲れ　ちょっと疲れた　帰るわ」

テレビ映像の変化

ワイドショー・情報番組の出演者がこの事態を受け、動揺する場面あり。
有名人・芸能人は、友輝の抗議に感銘して、
自らがカメラへ向けて変顔をする映像が、見受けられる。
観覧の出来事は、ワイドショーへの抗議とも受け止められ、
結果的に有名人・芸能人の擁護へ繋がった。

ワイドショーの中で、同時多発テロ事件の議論がしづらくなり、規制し始める。
視聴者からクレームの電話が相次ぐ。
「ワイドショーがつまらなくなった・歯切れが悪くなった」等。
平日昼間・視聴の中高年、特に主婦が多い。

芸能人らは、観覧での一部始終を撮影したビデオを観て、面白いと感じている。

タレントD
本番前の楽屋にてワイドショーの評論家がオドオドしている放映を観て楽しんでいる。
昼に生放送、本番中調子に乗って、変顔している。
「社長　ヨッ社長」
友輝は、この放映を観て不快な気持ちになる。
閃いたように、中学の卒業アルバムを見る。【将来の夢　父のような社長】
何かを悟る。

テレビ局側は友輝の卒業アルバムも含めて、履歴を把握していた。
・友輝の家のテナントがパソコン買取センター
（大きな看板【パソコン高額買取センター】
秋葉原に抵抗しているようにも見えて、滑稽である）
・コンピューターグラフィックの有害性を訴えたマルチタレント
・将来の夢　社長
芸能人らは、３つが繋がり驚く。偶然なのかと不思議な印象を持つ芸能人が多い。

ある日の午前中　陽の昇る前

明神様へ行き、二礼二拍手一拝。
銭形平次の碑を過ぎ、ふとおみくじを引いてみた。【吉】
友輝　「お　ラッキー　いいね」
歌を口遊み始めた。

「♪どこへゆくのか　どこへゆくのか
　銭形平次ぃ
　懐かしいな　このリズム」

男坂を下り、友輝は、秋葉原を散歩していた。
交差点信号待ち、鼻の下を伸ばす仕草をいつもの癖でしていた所、
その仕草を隣にいる年配の女装している人に目撃される。

通行人女装A　「最近よくタレントが　鼻伸ばす感じ　テレビでよく見るけど」

通行人女装B、不思議そうな表情をしながら、
　「ねッ　流行りなのかしら……」

友輝は、自分が大元なのに、
そのことを知る余地もない通行人に対して笑いを堪えるしかなかった。

中央通りで、パレードのため歩行者天国が始まろうとしていた。

外国人観光客が過ぎる中、軍艦マーチを演奏する楽団の人々と、
緑の制服を着た交通少年団の子供たちが共に待機していた。

街の老人、噂を聞きつけて友輝へ敬礼している。

「上等兵の戦績は聞いております　万歳」

友輝、苦笑してしまう。生きてきた時代の違いを感じる。自宅へ帰り、テレビを点ける。

お笑い芸人が放映中、変顔をしている。

友輝　「なんか　今　鼻を伸ばす仕草したよね」

父　「うん　最近何度か見た　これなんなの?」

友輝　「俺を真似してるんだよ」

父　「ハハハッ　たまには面白いこと言うなぁ（笑）
　　いいぞ　そうだといいよな」

友輝　「いや　本当にそうなんだよ」

父　「確かに　お前　そういう癖あるよな
　　だけどさ　もし本当なら　新聞かなんかに　載ったりするだろ」

母　「うん（笑）」

友輝　「うん　そうなんだけどね……新聞ね……」

父　「ヒーロー物の夢でも見て　まだ寝ボケているのか」

友輝　「え　いや　さっき　そこの山本のおじいちゃん（街の老人）が

俺に万歳ってやってて　少しはずかったけど（笑）」

父　「あのじいさん　痴呆が少し入ってるんだろな」

友輝　「いや　本当に」

父　「お前はまだ痴呆入るの早過ぎるから　しっかりしろよ
冷たい水で顔　洗ってこいよ（笑）」

友輝、洗面所へ行く。

母は、父へ問いかける。

「友輝　幻想というか　何か幻覚でもあるのかしら
山本のおじいさんが友輝に万歳するなんて　あり得ないもの」

父　「寝ボケてるだけだよ　な　友輝」

友輝　「顔　洗ったけど　やっぱり本当なんだよな」

父　「……まあ　そうだな
豊じいがあんな死に方したのもあるし　気が変にもなるよな
俺も変だもん（笑）」

母　「うん　おじいちゃん想いだったからね
だけど　友輝の言うことは　掴みにくいけどさ
おそらくホントなんだよ
だけど　ホントであっても
へぇーそうなんだぁで終わる話だからね」

母は、友輝の言っていることを内心、本当だとは思っていない。

友輝　「まあ　そうなんだけどね」

父　「だけど　この話　俺たちには何言ってもいいけど　外で言うなよ
　　その人によっては　心配されちゃうから」
友輝、いつもの鼻の下を少し伸ばす仕草をする。
　　「…………うん」
そして、部屋へ向かう。
母　「友輝　余程　おじいちゃんが亡くなったのが　ショックだったのね
　　そういうメンタルの病院で　診てもらった方がいいかしら」
父　「ちょっと　様子見よう　一時的なものだよ」

小雨が降る日

友輝は父と母に事実を言っているのに、疑問に思われ、悲しい気持ちである。

後輩女子A、携帯で友輝の写真を見ている。電話するが、ワン切りしてしまう。

友輝の携帯へ不在着信あり。

気持ちに照れがあり、また自信もないため、無視してしまう。

混沌とした気持ちで過ごす。

友輝、斉木へメールをしてみる。
「先日は39　宝くじ当たったか（笑）
変なこと聞くけど　俺たち番組観覧行ったよな？」

斉木、友輝の携帯へ折り返す。

「オイッス」

通話を始めた。

「宝くじは俺だけの秘密に決まってるだろ」

友輝　「おぅ　まあ　みんなに言ったら　命の危険があるからな（笑）
経験上察します（笑）」

斉木　「で　どうした？　観覧はもちろん行ったが
よくわからないけど　俺はガチ居眠りしてたがな」

友輝　「いや　どうもしない
もしかして観覧が　夢の中での出来事かと思ってさ
気にしないでいい　サンキュー」

斉木　「夢の中の出来事？　悪夢って言いたいのか（笑）
よくわからないけど
お前も変わった奴だな
ちょっと　今　予備校でさ　またな」

友輝　　　「じゃあ　また」

友輝は、観覧へ行った事実は確認できた。
しかし、観覧での出来事は友輝自身事実だとは思っているし、
事実なのだが、少し自信もなくなっていた。
事実確認・証明したい気持ちもあるが、
この観覧での出来事に拘るのは止めようと感じている。

事態収拾に向けて1

友輝を、役者・タレントの才能があると考えたテレビ局上層部の指示でまた友輝自身も
役者の才能を察して欲しい余りの行動と推測して、タレントとして依頼の電話を掛ける。
又、テレビ局側も友輝を芸能プロダクション等へ所属させておけば

変な行動を再び起こせないと考えた。

轟委員　「もしもし　吉村友輝様のご自宅でしょうか
私は日本放送連盟委員の轟四郎と申します」

友輝　「はい　吉村友輝です　なんでしょうか」

轟委員　「突然ですが　電子機器の普及と発展のため
東京・秋葉原ご出身の吉村様に
キャンペーンのイメージタレントとして
お仕事して頂けないでしょうか」

友輝　「ちょっとよくわからないのですが　そもそも何でですか」

轟委員　「いいから来てくれればいいいんですよ」

友輝　「ええ……キャンペーンだなんて　介護士になりたいんで」

轟委員　「介護なんて儲からないから　こっちの方が儲かるよ
　いいから　来てよ　ね」

友輝　「そういうつもりないです　すいません」

轟委員　「分かってんだろ　いいから　来いよッ」

友輝　「すいません　お断りします」

苛立ち、受話器を置く。

轟委員　「委員長　断られました」

下山委員長　「馬鹿か　お前　そんな受け答えしたら　断られるに決まってるだろ

大馬鹿ッ　もういい　クビだっ」

友輝がキャンペーンの依頼を断ったことにより、
本気でメディアに対して、ネガティブな映像の有害性を訴えたという認識が局内から、
連鎖的にテレビ業界内へ広まった。
しかし、一般には伏せられた。

事態収拾に向けて2

テレビ局上層部は再度、友輝へ電話することにした。
島袋という女性へ担当を変え、何気なく観覧の招待を試みることにした。
友輝には何か訴えたいものがあると推測して、
テレビ局の誘いの意図を察知して訪れるとも推測したからである。

島袋委員、色気を出している。

島袋委員「もしもし　吉村友輝様のご自宅でしょうか
　私は日本放送連盟委員の島袋咲子と申します」

友輝「はい　吉村友輝です」

島袋委員「世界ビックリニュースの　番組観覧へ来ませんか
　是非　お願い致します」

友輝「行きません」

島袋委員「いや……ちょっと……」

友輝「はい　行きません　では」

受話器を置く。嫌気が差していた。

下山委員長は、何かしら形にならないと、事態収束しないと思っていた。

下山は、中学時代の同級でもあり、
また下山自身も元国会議員だったことから文部大臣・千代田へ電話をする。
文部大臣・千代田は、テレビ局から起こったこの事態について、耳にする。
観覧で一部始終が撮影されたビデオを観て、感銘を受ける。

「感動だな　ダイナミックな映画のようだ」

千代田は筋を通すため、総理大臣にも承諾を得る。

翌日

文部大臣・千代田は、国会にて演説を行う。
「悲しい事　殺伐とした事件が多い時代ですが
世の中　明るい話題にしていきましょう
そして　そういう活動をしている
勇気（ユ・ウ・キ）ある若い方も　いらっしゃいますので」

国会議員らを前に、
軽く変顔をする。与野党関係なく、拍手が起こる。
「こういう時代だからこそ　平和を想像して
私たちが夢を持たなくてどうするのですか」
歓声が上がり、独特な一体感が生まれた。

友輝、テレビを観ている。薄ら笑みを浮かべ、大声で、
「射ッ」
一つの事を成して、自信がついた。愛犬は、傍らにいつものごとくじーっと座っている。

父、椅子に座って、新聞を読んでいる。一瞬、不思議そうな顔をして、友輝の方へ向く。

母　「友輝　はい　桃よぉ」

友輝、母の言葉は聞かず、友輝の頭には瞬時、後輩女子Aの顔がふと浮かぶ。

母、首を傾げながら、

「……ここは弓道場でないわよぉ

……色が変わる前に　早く食べなさいよネ」

【射】という言葉は弓道を連想させていた。

友輝、希望に満ち晴れ晴れした表情をしている。

ホッとした表情という方が適切かもしれない。

友輝、ジョンとヨーコのTシャツを裏返す。

【LOVE　&　PEACE】

「VICTORY」とやや興奮しながらペンで書き加える。

秋葉原にて、テレビが至る所に置かれて立ち並ぶ。
テレビ映像は、明るいニュースが放映されている。
秋葉原が太陽に包まれ、光線が照り活き活きとした町。
そして、下町の人情味溢れる光景が、再び生まれつつある。

友輝、自信がつき、後輩女子Aへ想いを巡らせる。
棚から取り出して、卒業式の弓道部謝恩会・集合写真を眺めている。
勇気を出し、再び電話を試みることにした。
友輝　「ども　久々だね　なんか　ごめんね」
後輩女子A　「はい　お久しぶりです」
友輝　「なんか　照れるけど　俺　夢美さんの事が好きです　会おう」

後輩女子A　「ありがとうございます　私もです」

友輝　「これから　徒手練をしたとこ　あ　芝公園へ行くね」

後輩女子A　「はい　後ほど　待っています」

星空が綺麗な夜、原付バイクを高校近くの公園まで走らせる。東京タワーが眩しい。

友輝　「待たせたね」

ジョンとヨーコのハグする服のように2人がハグ。星がキラリと眩しい。

# 第二部　美しい夢

昼食　エモンズカフェにて

夢美（後輩女子A）

「先輩にハートを射抜かれました　テヘ」

友輝

「弓道と掛けているのかよ　もう敬語やめようゼ」

夢美

「はい」

友輝

「いや　そこは【うん】だろ」

夢美

「ラジャ　あの……その服　よく見ると勝利って英語……手書き？」

友輝

「うん　こう見るとダサいよな（笑）」

夢美　「いや　センスあるよ　ある　ある
　　　そのベッカムヘアーも」

友輝　「ありがと（笑）」

夢美　「勝利って　なんの勝利？」

友輝　「メディアに勝ったという意味だったような……」

夢美　「メディアか……　何かと思ったヨ（笑）」

友輝　「パンドラの箱って言葉　今度　辞書で調べてみな　説明下手だから
　　　箱を開けたら不幸が溢れて来たんだけど
　　　底について見上げたら　希望が見え　夢も見えた

あ　説明しちゃった」

夢美「なんか　ロマンティックね」

友輝「勝利するには　まず夢を見る」

夢美「うん　うん」

友輝「そして　まずその夢を語る勇気から始める
始めたものは　きっと終わりがあるし　叶う
うん　美しい夢（笑）　聴きたいね」

夢美「ホント　素敵」

友輝「一つ　夢に向けて　来週　老人ホームの面接を受けるよ」

夢美　「うん　頑張って」

数日後　喫茶店にて

母　「あなた　知ってたかしら　友輝　彼女できたみたいよ」

父　「そうか」

母　「どんな子なんだろうね」

父　「そっとしておいてやれよ」

母　「私たちに孫ができたら　お父さん　溺愛しちゃうんじゃないの」

父　「まだ早いだろ　俺は可愛がらないよ」

母　「そんなこと言って」

父　「………微笑」

母　「その笑みはなによ（笑）
　　友輝の子も　きっと
　　エリマキトカゲ真似するんだろうなぁー」

父は、孫がエリマキトカゲを真似する日を夢見ている。
しかし、敢えてポーカーフェイスを繕い、珈琲を啜る。
時はゆっくりと流れるように過ぎていく。

友輝、郵便受けを覗く。大きな郵便物があった。老人ホームからの合格通知であった。
少し不安でもある友輝だが、希望に満ち、夢への一歩となる通知が嬉しかった。

夕食　エモンズカフェにて

友輝　ハンバーグを食べながら
「明日からもう初日の仕事なんだよ」

夢美　「頑張って　応援してる」

友輝　「おー　あー　緊張するー
挨拶はしっかりして
あとは先輩に可愛がってもらおっと
落ち着いたら夢美と　熱海でも行って　日帰り観光しような」

夢美　「ラジャ　だけど　うーん　日帰りか……」

友輝　「え……（照）」

夢美　「うん（笑）前に　静岡を舞台にした漫画　好きだったから
興味あったけど　今は漫画より友輝クンかな」

友輝　「うん（照）　今日は明日に備えて早めに帰るわ」

夢美　「頑張って」

初出勤日　特別養護老人ホーム　外神田にて

雨宮施設長　「おい直井　最初　ガツンと言っとけ　その方が育つ」

上司・直井　「雨宮施設長　了解ッス」

事務所にて

雨宮施設長　「こんにちは　本日からよろしくお願いします
認知症のお年寄りは　各々個人が自分の世界を持っています
その世界を感じつつ
介護士は役者になって演じる必要があります」

友輝　「よろしくお願いします」

雨宮施設長　「福祉はアートです　頑張ってください」

友輝　「？　はい　頑張ります」

フロアへ移動する。

友輝　「初めまして　吉村と申します　よろしくお願いします」

直井　「直井と言います　よろしく
……
……
早く　仕事する姿勢になれよ
さっきから　なにボーッと突っ立ってんだよ
女のことでも考えてたのか
はよっ　お前　高校で何　習ってたんだ？
俺は高校出てないんだぞ　世の中　教科書通りいかないから
ま　1人で15人の年寄りを看るんだ
お前には無理だから　1人だけに絞っていくぞ」

直井、敢えて強めの口調で話す。
友輝、いつもの鼻の下を少し伸ばす仕草をしながら、少しビビっている。
友輝　「はい（汗）　すいませんでした」
直井　「よし　お前　案外　謙虚そうだし　可愛げがあるから
まあ　いいとしよう
この世界　人間性だから
これが数字で表せないんだな　ま　うまくやっていこ」
友輝　「ありがとうございます」
直井　「なんか渡辺君ていうバイトの子と
お前と同級らしいな　連れてくるよ」
渡辺、エプロン姿で現る。

友輝　「お久しぶり　世の中　狭いね（笑）」

渡辺　「お　変わらないね　渡辺君がクラスで　いちばん優しかったもんね
君には助けられたよ　ありがとね」

友輝　「いやいや　和製ジェームスディーン」

渡辺　「やめろって（笑）ビジュアル系（笑）　これからもよろしくね」

友輝　「こちらこそ　あ　インドネシア人のダナ君
同じ年でバイトしてるんだよ」

　「よろしくお願いします」

ダナ君は、ニコニコと笑顔でいた。

老女・上沼愛子、夕食を召し上がっている。
明治生まれでどこか心を閉ざしている様子がある。

友輝、上沼愛子の略歴を読む。
『18才で結婚　1年後　離婚　一人息子は元夫の方へ
独身のまま服飾デザイナーとして　近年まで勤務　軽度の左半身麻痺
高齢で身寄りもいないため　特養入所』

上沼、夕食後、夜空を眺めながら、
「人間って孤独なものよ　大勢に囲まれていても
孤独な人は孤独だし　だったら
1人で生きた方がサッパリしていいわ」

友輝
「だけど　心の持ちようではないですか」

上沼　「うん　私　ひねくれているから（笑）　1人がお似合いでしょ（笑）」

友輝　「心の風通しが良い方は幸せですよ」

上沼　「そうね　最期くらい　素直になるわ
私たちは　戦争を経験したでしょ
私も仕事で　アメリカのニューヨークとロスへ
何度か行ったこともあるけど
あのアメリカに竹やりで応戦しようとしたって愚かね　日本って
アメリカと日本の風通しが良ければ
あそこまで惨いことにならなかったわよ」

友輝　「会話の大切さを感じます
風通しが悪くなった原因は　なんだったんでしょうね？」

上沼　「人間ってそれぞれ自分なりの　正義って持っているのよ
その正義に　拘り過ぎると他の正義を倒したくなるのよ
それが原因よ
尖った正義　欲望とでもいうのかしら……
だから会話して　常に柔らかい正義にしとくべきなのよ」

友輝　「正義ですかー……　色々な正義がありますから
お互い　正義への思いやりが欲しいですね」

ダナ君　「オチャデス　ドウゾオ」

上沼　「あっ　ありがとう　サンキュ――」

友輝　「しかし　竹やりですものね　歴史の授業の話ですが

ハワイへ飛行機ごと体当たりする　日本兵の事　習いました」

上沼　「もちろん　あなたは知らないでしょうけど
日の丸　掲げて　万歳　万歳って　軍人さんが　今でも
あー　目に浮かんでくるわ
飛んで逝った五郎っていう弟の顔が
こればっかりは　言ってもわからない
この切なさは誰にも　言うだけ野暮よ」

友輝　「……　日本全体が気がおかしかったんでしょうね」

上沼　「気がおかしくなったどころじゃないわよ　盲目な状態よ
しかし　仕方ないところもあるのよ
国民全体が今の言葉で言う
マインドコントロールされていたから」

友輝　「洗脳ってことですね　時代の風潮もありますよね」

上沼　「政府の軍人が悪いの　今だったら　私は
【プリーズ　ストップ】って叫ぶわよ　全力で」

友輝　「人間の狂気を感じます　上沼さん　英語できるんですか」

上沼　「出来ないわよ　だけど
ストップくらいの単語は　知ってるわ　なによ（笑）
あの　私がね　終戦の日　何故かカッコウワルツを聴いたのね
日本は負けて目の前が真っ暗な時よ
一筋の光を感じた瞬間だったわ
そして　光の射す方へ　光の射す方へ
なんとか生きてきたら

もう百近くまでなってしまったわよ（笑）
そのうち　あの星のようになってしまうのでしょうけど
私は星になれるのかしら
罪深いことして生きてきたから　なれないわね（笑）
罪滅星という星にはなれるかもね（笑）」

上沼愛子、生き別れになった乳幼児期の息子の写真がタンスの奥に仕舞ってある。
そっと取り出し、見つめ、手でその白黒写真を撫でる。
写真背景に、ひまわりの入った花瓶が置いてある。

スタッフルームにて

直井　「結局　生活の質が問題で　現状
最低限の生活をしている老人ホームが多い」

直井　「ここにいるお年寄りは　何かしらの障害や身寄りがないなど暗い
努力という言葉は　美化され過ぎて
お蔭様という気持ちも　欠けている気もするし　ホント嫌いなんだ
だからあまり使いたくないが
頑張りたくても頑張れない方々の　暗くネガティブな状況を
いかに明るく持っていく手伝いができるかというところに
介護士の本領が発揮されるんだけどね」

友輝　「確かに　障害者に努力とばかりも　言ってられないですよね」

直井　「まあな　お前は頑張れよ
なんで努力　努力って馬鹿みたいに　みんな言ってるかわかる？」

友輝　「頑張ってる感だせるからですか」

直井　「世の成功者が努力を美化して　努力すれば夢が叶う　報われる
って言い過ぎて　そんなことないのに
環境や運　素質などあるのにさ
そこを都合良く伏せちゃってるんだよ
だから　みんな　努力って言葉に希望を感じるんだな
念仏のように唱えちゃって　大丈夫かなッ？　と思う」

友輝　「情報も正しいことばかりではないですからね
親父が人として真面目に生きることを
努力っていうって言ってました」

直井　「その通りだよ　人としてあったり前のこと
でーっ
このことは情報として正しいけどな
今　現在　介護士は元気がない　俺たちが暗くてどうするんだ」

直井　「ま　待遇が悪過ぎるんだよ　こんな安月給じゃ
大井競馬場いけねーじゃねいか　沖縄にも帰れない
民間じゃないいんだから国が悪い
政治家はさ　介護施設一年コースを義務化して
俺がSっ気たっぷりに教えてやるから（笑）
数字ばかりで判断してる政治家はダメなの
心を見ないとッ　人として　見えなくても見ようとする！
それこそ努力だよ　当たり前のことだけどな
もし　努力というものがあるなら」

友輝　「心が要ですものね
私は弓道をしていたんですが
やっぱり心が軸で動くんですよね」

直井　「だろ　このままじゃ　日本に夜明けは来ないっしょ

夜勤して　夜明けは来るけど（笑）
だけど　最後は笑いたいよな
お前　政治家になれよ（笑）　後援会は任せろ」

友輝　「本当ですか」

直井　「本気で言ってないからな（苦笑）
政治家はムズいけど　弓道してたんなら
政治家のココロくらい射抜いて（笑）
とりあえず　介護士の給料あげようか
介護士として一人前になってからな
早く俺を宜野湾へ里帰りさせておくれよ
今じゃ半人前以下だから　頼むよ
ていうか　そんな事より　レースの結果が気になる　ちょい待ち」

友輝　「何か記念すべき会ができたら良いっすね」

直井　「うんうん　レース　イマイチだな　はい
だから　何　話してたっけ
えー　今月は　お前の指導係だから　語りが入るけどな
えっと　あ　これだ
今のお年寄りは戦争を体験していて
アメリカへの憎悪を持っている方もいる
そもそも生活自体が楽しいとは言えないし
だから世界平和と言うと大げさだけど
日米が仲良くして
笑顔で満ちた会をさ　開きたいね」

友輝　「心の栄養ですね」

直井　「いいこと言うなぁ　それを　世の中へ発信したら良いじゃん
そのためのメディアだし
いつも怯えさせるだけの発信をして　商売に走らなくてもいいし
ってテレビ観てて思う
ていうか　むしろ　商売っ気なくした方が視聴率が上がって
結果的に良くね？と思う」

友輝　「メディアですね　1つ良いアイデアがあるんで
直井先輩　見ていてください」

直井　「おう」

上司・御成門　「見ていてくださいって（苦笑）」

直井　　　　「施設長　吉村が何か企画を考えています
　　　　　　　マイナスにはならないと思いますが　大丈夫ですか」
雨宮施設長　「なんでも企画してオッケ
　　　　　　　明るい企画ならむしろお願いしますっていう感じ」

友輝は、数か月間、上司の指導を受けて介護技術を習得する。
様々な場面に立ち合い、人として学び成長する。

昼食後　テーブルにて　２００３年７月

友輝　　　　「こんにちは　愛子さん」

上沼　「こんにちは　ひまわりが元気をくれるわね
　　　スイートピーみたいな　私　綺麗でしょって言ってるような花より
　　　ずっと好き」
花瓶に、一輪のひまわりが元気良く咲いている。
友輝　「私はスイートピーの方が　華があって好きですね」
上沼　「若いから（笑）
　　　彼女いないみたいだけど　早く見つけるといいわよ
　　　心が温かい子ね
　　　ちゃんと選ばないと　私みたいになっちゃうから
　　　気をつけなさいよ（笑）」
友輝　「はい　いや　実は彼女　いるんです（笑）」

上沼　「あら　失礼しました
　　　あなた　奥手だから　いないものと思ってたわよ
　　　男なら　ぐいぐいひっぱっていきなさいよ」

友輝　「はい　そうですね　頑張ります（微笑）」

上沼　「うん　そうよ　吉村さん　よく直井さんに　怒られているけど（笑）
　　　この生活には慣れたのかしら？」

友輝　「はい（笑）なんとか　お蔭様で学ばせて頂いております」

上沼　「若いうちの苦労は後々活きるから　ファイトね
　　　渡辺さんというお友達もいて良いわね
　　　ダナさんも素直で純粋ないい子よ」

友輝　「ありがとうございます　心強いです」

上沼　「渡辺さんは今風な子よね　魅力的で　なんて言っても優しいわ」

友輝　「はい　男性も化粧する時代ですからね
　愛子さん　昼食は美味しかったですか」

上沼　「美味しいとは言えないわね　鯖が多いわよ
　戦時中は　お粥と茄子ばかりだったことを思うと
　贅沢も言ってられないけど　うん　鯖と茄子は嫌いなの」

渡辺もスーッと傍らに座り始めた。

友輝　「鯖は好き嫌いありますから　茄子はいい加減　飽きたのですね
　神田界隈って戦時中どうだったんですか」

雨宮施設長、フロアの隅の方で友輝と渡辺を遠くから、そっと見守っている。

上沼　「そうね　私は江戸っ子だから
この辺りの事は　一通り知ってるわよ
戦時中はよく死体が街にあったわよ（苦笑）
今じゃ考えられないでしょ」

友輝　「えー　今では考えられないですね」

渡辺　「え――」

上沼　「秋葉原なんて　あなたが生まれた頃は　電気街として栄えて
オタクだなんだという時代でしょ」

友輝　「はい」

上沼　「私が生まれた頃は　秋葉っ原と呼んだくらい野原だったのよ
うん
若い頃の記憶はやっぱり青果市場ね
みんな　そりゃー　粋だったわよ」

友輝　「野原だなんて……そうだったんですね
バスケットコートがあった以前は　市場でしたね
私も幼いながら　記憶が少しあります」

上沼　「バスケットなんとかは知らないけど
終戦後は　男も女も食べるため　汗水垂らして働いたものよ
生きるのに　精一杯だった
今はすべて豊かだから
食べるのに困るなんて
まず　ないでしょ」

友輝　「想像しづらい時代です
　　　戦時中や終戦後のお話を聞くと
　　　この時代に生きていることは　尊いと感じます」

渡辺　「大変な時代でしたね」

上沼　「戦争の話は　嫌なことしかない記憶だから
　　　辛くて　あまり話したくないけどね」

友輝　「はい……愛子さん　今　ここでの生活はいかがですか」

上沼　「退屈だわ　ホント　刺激がないわね
　　　長生きなんてするもんじゃないわよ
　　　数少ない友人たちも今じゃ　天国にいるわよ（笑）

お金もまだ少々あるけど　天国まで持っていけないわ
いや　私は　地獄か（笑）」

渡辺　「愛子さん
地獄だなんて言葉　良くないと思います
今まで　一生懸命生き抜いてこられたんですから
そんな悲しい言葉　使わないでください」

上沼　「ごめんなさい　そうね　精一杯
生きてきたんだもの　ありがとう」

渡辺　「すいません　物申してしまい
明るいプラスの言葉の方が　いろいろと叶いますよ　うん」

友輝　「うん　うん」

友輝　「うーん……今　したいことは何ですか」

上沼　「そうね　私は今まで突っ張って生きてきたけど
今となっては　戦争で戦ったアメリカの
ハンサムなマッスルとビール片手に　踊ってみたいわね
先月　亡くなった　グレゴリーペックさんみたいな　ハンサムよ
みんなと友だちになってさ　輪になって
ダンシングするなんて素敵じゃないの
久々に煙草　吹かしたりして
夢のようなお話だけど……　こんなこと思うなんて
クレイジーな夢よね（苦笑）」

渡辺　「クレイジーだなんて　ぜんぜん」

友輝　「ハンサムなマッスルッ（微笑）　とっても素敵な夢だと思いますヨ

やっぱり英語できますよね？」

上沼　「で・き・ま・せ・んって（笑）」

友輝　「すいません（笑）所々　英単語をお使いなさるんで
はい　愛子さん　よく聞かれると思いますが
長生きの秘訣は何ですか」

上沼　「死なないことです（笑）」

友輝　「冗談ぽいですが　かなり深いですね」

上沼　「なんとしてでも生きることよ
まぁ自分で死ぬなんて　もってのほか」

友輝　「はい　それはとても罪深いことです
だけど　100近くまで生き抜くということは
運も良かったんじゃないですか」

上沼　「運は良かったわね
運って良いと思うと　不思議と寄ってくるものなのよ」

友輝　「なるほど　私も運が良い人生だと思ってますよ」

上沼　「人生まだまだこれからよ
運が良いと思うには　そこに感謝の心が添えられるからね」

友輝　「はい　お話しさせていただき　ありがとうございます
またよろしくお願いします」

渡辺　「ありがとうございます」

上沼　「あら　お話しさせていただきなんて　言わなくていいわよ　ね」

友輝、廊下を歩きながら、口走る。

「手紙を送るのは　大きく出て　文部大臣にしよッ」

渡辺　「え　お　いいね」

友輝　「♪何かトキめいてますッ」

渡辺　「♪今が旬　俺たちの青春」

友輝　「♪しまっていこう　気合い十分」

友輝と渡辺、ハイタッチする。

「イエイー」

夕食　夢美の自宅にて

友輝「おつです」

夢美「お疲れさま」

友輝「俺さ　文部大臣の千代田さんに　手紙　書こうかと思う」

夢美「え　なんで　またまたすごいね　返事来るかしら」

友輝「なんか返事をしてくれる予感がするんだよ

くさいかもしれないけど　いちばん大切なものって
愛だと思うんだ　それは　恋愛間の愛だけではなくてさ
人間愛　うん　いちばん大切だと思う」

夢美　「ふーん　愛は他の何よりも強靭で　負けないもんね」

友輝　「そう思うでしょ？
年齢や性別　関係なくさ　人間愛　これが今　必要なんだよ
それでさ　老人ホームで
明治生まれの愛子さんという利用者さんが
アメリカのハンサムと踊りたいって　言っててさ
めっちゃ素敵じゃね？　そのお願いの手紙を書こうかなって」

夢美　「ラジャ　いいと思う　美しい夢ね（笑）
うん　渡辺先輩も魅力的な方だよね」

友輝　「渡辺君　なんかいいよね
　　　彼　文才があるから　赤ペン先生してもらうよ」

夢美　「じゃあ　バッチリじゃん」

文部大臣・千代田へ友輝が手紙を書く。

「拝啓　千代田様　去年はお騒がせしました。

私は新人の介護士として、スタートしております。日々学びの連続です。

現在の特別養護老人ホームにいるお年寄りは、皆、孤独です。問題は奥深いです。

会話するといったら介護士くらいですし、その介護士も1人でお年寄り15人相手です。

だから、音楽がみんなで共有できる、唯一の楽しみです。

私のわがままですが、
マリン7というアメリカの有名バンドに、私の勤める老人ホームへ来て頂き、お年寄りと共にサングラスをして着飾り、みんなでディスコすることを希望します。
60年前、戦争で戦った敵、味方が1つの輪になって、手を繋ぎ、
みんなで、【上を向いて歩こう】を歌いましょう。
また、この事を世界へ発信できたら、世界中が、明るい空気に包まれると思います。
希望を持って、美しい未来にしましょう。
是非とも、よろしくお願い致します。
吉村　友輝」

文部大臣・千代田、手紙を受け取り読む。
「うん　一肌脱ごう　生きていると
良いこともあると社会に　アピールできる機会でもあるな」
千代田、マリン7へ直筆の文章と共に友輝の手紙を転送する。
観覧席での出来事、その後の情勢も追記してある。

施設長へ、直井が経過を説明して、マリン7の誘致が固まりつつあるため、承諾を得る。
直井、煙草を吹かしながら、
「ちょっと　筋通そうと思いましてね……
吉村も一人前になりつつあります　俺の指導がいいからッスね」
雨宮施設長　「自分で言うなよ（笑）」
神田明神会館にて　２００３年　９月22日
文部大臣・千代田　ビデオメッセージにて　サングラスをかけながら、
「友輝君
去年は君の勇気とユーモアに
感動しました　お手紙ありがとう
私自身　一国会議員でもありますが

マリン7の誘致をポケットマネーでと（笑）思いましたが
私の申し出に善意で　協力してくださることになりました
心強く　粋な計らいで叶えられます
今夜は皆さん
　ナイトフィーバーしましょー
　　ヒューマンラブイズインポータント
イエイッ」

マリン7、演奏する。

「ホワットアワンダフルワールド」「レットイットビー」「上を向いて歩こう」

「上海ハニー」「またたく星に願いを」「ラストダンスは私に」

お年寄り・家族・職員全員がサングラスをして、ディスコしている。職員の家族も。

上沼も踊っている。

文部大臣のビデオメッセージを観た後、番組観覧での出来事を全く知らない父と母は、小声で会話している。

母　「なんで千代田さんは
友輝の手紙を読んで
動いてくれたんだろう　去年……
勇気とユーモアって……」

父　「勇気とかユーモアがあるようにはとても思えないけどな……
エリマキトカゲでも披露したのかよ（笑）
ハハハ　ま
こんな運が良いことがあるもんなんだな
普通は読んでくれさえしてくれないよ
友輝は　ホントッ　ラッキーな奴だ」

母

「まさか
エリマキトカゲのわけないでしょ（笑）
きっと　おじいちゃんが
お空から見守って導いてくれたのよ
絶対そうよ　絶対ッ
日頃から友輝は神仏を大切にして
拝んでいるもの
綺麗なお星空だこと……
あ　流れ星ッ
そうだわ
友輝は
お星さまの輝きを
お得意の弓道で射抜いたのよ
うん」

父　「つまり　光を射抜くということか」

母　「そうよ
お空のおじいちゃんのココロを　掴んだのよ
それしかないじゃないの」

父　「そうだな
うん　親父のココロにも
ルイアームストロングの歌が　響いたろうな」

母　「うん……喜んでるはず
こんな美しい綺麗な会を
そして　アメリカを　おじいちゃんも感じられて……
まさか夢じゃないわよね（笑）」

老人ホームの職員は、番組観覧での出来事をなんとなく知っている。
皆、一様に笑顔である。
雨宮施設長　「去年
エキセントリックな事したようだけど
想いって
人を動かすもんなんだよな
♪まさに語り継がれるストーリー
イエイ」

直井　「やるなー　新人のくせに（笑）
吉村　ノッているから
今度　大井連れて行って
ご利益得よっ　平和島でもいいな
♪寄せては返す下心とモラル
イヤサーサー」

渡辺　「ジャパニーズドリームー
　　　ここだけ新しい国みたいね」

ダナ君　「ワンダフルワールド
　　　スターアービューティフル
　　　ブルズアイッ」

マリン7と共に上沼がデュエットしたり、
車椅子のお年寄り・片腕がないお年寄りも　輪になって踊っている。
盆踊りの振りつけをするお年寄りも。

全員合唱「見上げてごらん夜の星を」

報道陣も、来ている。

インタビュアー「こちらは　エレクトリカルな町
秋葉原から歩いて十分程の会場です
早速　インタビューしてみましょうか
はい　あ　えー　ハウワズディスパーティ？」

ダナ君「ワンダフル　アイネバーメットアマン
アイディドントライク　サンクストゥオール」

インタビュアー「サンキューベリマッチ
あ　吉村さん……　吉村さんが
このパーティーの　企画をしたということで」

友輝「いや　すいません
私はインタビューを　受ける身分ではないので」

インタビュアー「あ　一言　想いだけ　聞かせてください」

友輝「はい　えーっと　人間愛は必要だと思います（照）　では」

インタビュアー「あー行っちゃった　シャイな方なんですね
　雨宮施設長　本日のパーティーはどうでしたか」

雨宮施設長「いやー感動しました
　職員の吉村が言う【人間愛】はとても大切ですね」

インタビュアー「人間愛ですか
　上沼さんのお言葉で
　吉村さんが　感銘して　この会へと繋げたようですが
　上沼さん　今夜のパーティーはいかがでしたか」

上沼　「うん　生きていれば　素敵なことってあるのね
　こんなハンサムと手を繋いで　ベリグッドなビールを飲めるなんて
　最高じゃないの　久しぶりに煙草　吹かしたわよ　ハハ（笑）
　あの天井にぶら下がってるの　ミラーボールっていうのよね？」

インタビュアー「はい　輝いていますね」

上沼　「キラキラしていて　とても綺麗じゃない
　角度によって色々　輝きの見え方が違うのね
　だから
　人類　色々な国が色々な見方をしてもいいわよね
　ミラーボールのように　キラキラした夢を
　語り合えばいいじゃない　斜め上を向いていこうじゃないの
　挨拶はしっかりしてからね
　あなたより　少しばかり長く生きてきた　私からの想いでした」

上沼　「これって夢じゃないわよね？（笑）」

インタビュアー「はい　どうやら現実のようです（笑）　はい」

雨宮施設長「愛子さんは　たしか42才でしたよね
私とあまり変わらないんです（笑）」

上沼「そうなのよ（笑）　先生（微笑）」

インタビュアー「私の母より若いですね（笑）
人生折り返し地点で　まだまだこれからです
このビデオはアメリカでも放映されます
一言　お願いします」

上沼「ラブ　アンド　ピース

イエーイ　最高
ライフ　イズ　ビューティフル
サンキューベリーマッチ」

翌日、ニュースでパーティーの模様が放映されている。

いじめっ子だった大久保、自宅にて、傍らに妻と赤ん坊。

テレビを観て、ジーンとしている。

ビールを片手に、

「乾杯っ」

弓道部の友人・斉木、街のテレビ放映で、立ち止まりやや首を傾げている。

笑顔で観ている。

「射ッ（嬉）（笑）　よくわからないけど」

小沢も笑顔で、

「うん　ねッ　中ーり――ッ」

アメリカでも放映されて、高視聴率をマーク。

友輝と夢美は、居間でテレビ鑑賞をしていた。友輝も一瞬、映っている。

その瞬間　2人、目を合わせて、

友輝と夢美がキス

秋葉原の夜空

星がキラリ☆

友輝と夢美が初々しく抱き合う。高まりつつ、友輝、小声で、

「射ッ」

傍らにエリマキトカゲのフィギュアが勇ましい風貌で置いてあった。

光に飢え　光を求め
それを繰り返す
やがて　無数の光は輝きとなり
キラめく夢への一歩となる
いくつかの輝きは
何かの拍子で　繋がっていく
そして　夢が夢でなくなり

瞬時　現実となる
その拍子は運である
運は感謝の心のみ　創造する
美しい夢が叶いますように
栄光あれ

吉村友成

【著者プロフィール】

吉村友成

1981年　東京都千代田区
都立三田高等学校卒業
東海大学文学部日本文学科中退
介護福祉士　弓道二段

# 光を射抜く　～瞬時の輝きを求めて～

2023年9月22日　第1刷発行

著　者　吉村友成《よしむらともなり》

発行者　太田宏司郎
発行所　株式会社パレード
　大阪本社　〒530-0021　大阪府大阪市北区浮田1-1-8
　　TEL 06-6485-0766　FAX 06-6485-0767
　東京支社　〒151-0051　東京都渋谷区千駄ヶ谷2-10-7
　　TEL 03-5413-3285　FAX 03-5413-3286
　https://books.parade.co.jp
発売元　株式会社星雲社（共同出版社・流通責任出版社）
　〒112-0005　東京都文京区水道1-3-30
　TEL 03-3868-3275　FAX 03-3868-6588
装　幀　藤山めぐみ（PARADE Inc.）
印刷所　創栄図書印刷株式会社

JASRAC 出 2303333-301
NexTone PB000053829号


ISBN 978-4-434-32355-3　C0093